겨울장면

겨울장면

김엄지 소설

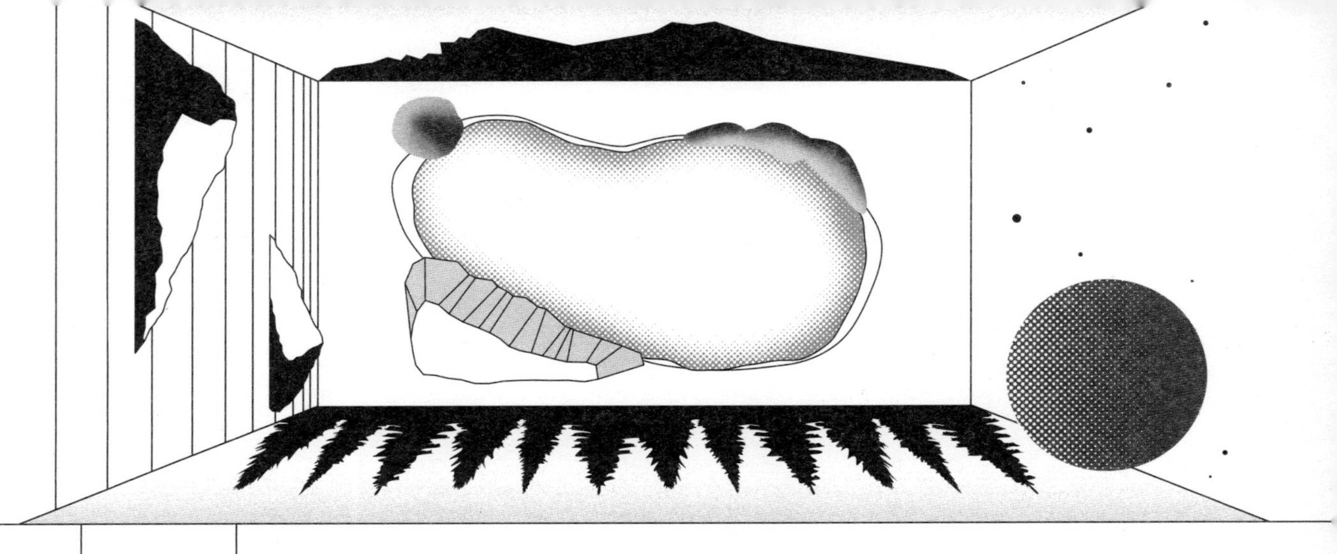

작가정신

차례

겨울장면 #1-#5

1

저 어두운 윤곽이 네모는 아니라고, R은 생각한다.

천장 안에 뭐가 가득할 것 같다.

천장 안에 빛이 있다면.

빛이 없을 리는 없다.

빛 없고, 보는 눈 없이,

허공에 붕 떠 있는 오로지 혼자인 색.

R은 붉거나 푸른 것을 떠올리고.

R의 입안에 아직 침이 돈다.

두 눈이 뻑뻑하고 뜨겁다. 내일은 뭘 좀 먹어야

겠다고.

R은 생각한다. R은 아직 내일에 대한 생각이 가능하다.

가능성, 입안에서 가능성을 굴리면 침이 돌고.

가능성, 발음한 다음 R은 혀로 앞니의 바깥쪽, 앞니의 안쪽을 차례대로 훑는다.

입안에 고인 침을 삼킨다.

저 위에 발 잘린 벌레들이 우글우글할 것 같은데.

R은 천장 안이 다 보이는 것 같다.

왜 아직 창이 밝지 않는 것일까.

아아. 창은 없다.

창 없이도 스며드는 소리,

도로를 지나는 차와 바람의 소리,

바람 소리같이 희미하게 캐럴이 들려온다.

여보. 멀리서 바람 소리처럼 아내의 목소리가 들려오고.

R은 소리가 들리는 쪽으로 고개를 돌린다.

R은 8개월 전 미끄러져 5미터 밑의 바닥으로

추락했다.

일행은 없었다.

R은 떨어진 그 자리에서 주저앉은 채 맨정신이었다.

R은 뒤틀린 자기 발목과 찢겨 벌어진 피부를 보았다. 이를 악물어 얼굴뼈가 얼얼했다.

해가 지자 이가 딱딱 부딪히도록 추웠다.

R은 몇 번인가 얕게 잠들었다.

언젠가 다시 눈을 떴을 때 달이 밝아 나뭇잎과 흙바닥을 환하게 볼 수 있었다. R은 발치에서 야생 장미를 보기도 했다. 장미의 빨간색이 선명하다고, 생각했다. 그런 생각이 가능했다. 피가 말라 비린내가 진동했다.

R이 또다시 잠에서 깨었을 때 그의 위에 해가 높이 떠 있었다.

R은 누워 해를 정면으로 쳐다보았다.

뜨거운 게 얼굴인지 등인지, 발목인지.

해와, 이 바닥에 감사하자, R은 그런 생각을 하기도 했다.

감사함은 또 다른 착란이었다.

어디에서 이렇게 다친 거예요?

아내가 물었을 때,

거기를 어디라고 해야 할까.

R은 망설이다가 모르겠다는 대답을 했다.

거기가 어디였을까.

해가 떴을 때 일말의 그늘도 없었다. 밝고 뜨거웠고,

누구도 나타나지 않았던 기억.

밤이 되었을 때는 무척 추웠고.

거기엔 장미까지 있었다.

누가 구해줬어요? 아내가 물었다.

어디에 가던 길이었어요?

약속이 있었나요?

혼자 있었나요?

다치기 전에 마지막으로 본 게 뭐예요?

R의 기억에서 사라진 것이 사고 당일만은 아니었다.

예고 없이 나타나는 장면. 깨처럼 작은 벌레들

이 R의 팔뚝에 기어오르고 수를 늘리고, 진저리 치지만 좀처럼 단 한 마리도 떨어지지 않았던. 맥락 없이. 맥없이. 이어지지 않는 낱장의 그림처럼, 떠오르는 대로 기억할 뿐이었다.

어느 날은 거리에서 처음 보는 낯익은 얼굴이 R을 스쳐 가기도 했다.

연락처에 저장된 어떤 번호는 도무지 알 수 없었다.

처음 보는 사진과 메모가 곳곳에서 발견되기도 했다.

R은, 모르는 R을 상상해야 했다.

R은 생각보다 더 R을 모르고.

생각해보면 당신은 좋은 사람은 아니었어. 저장되지 않은 번호로부터 의미를 알 수 없는 문자 메시지가 도착하기도 했다.

R은, 모르는 R을 상상해야 했다.

R은 생각보다 더 R을 모르고.

2

R의 시선은 베란다 너머에 있었다.

밖은 온통 하늘이었다.

눈이 시리다고, 찢어질 것처럼 파랗다고, R은 생각했다.

도로에 차가 지나는 소리가 아득하게 들려왔다. 이 아파트에 입주하지 않은 공실이 더 많다는 사실을 새삼 떠올렸다. R은 밟고 있는 바닥, 27층, 그 아래와 허공들을 상상했다.

R은 뒤돌아선 아내의 뒤통수를 한번 봤다.

아내의 목뒤에서 튀어나온 점, 옅은 갈색.

R은 그걸 모르겠다.

저게 원래 저 자리에 있던 것인가.

R은 아내에게 묻지는 않았다.

저게 원래 저 자리에 있던 것인가. R은 책장 앞에 서서 그런 생각을 했다.

저게 원래 저 자리에 있던 것인가. R은 장롱을 열고 고민하기도 했다.

저 재킷이 왜 카키색이 되었는지. 원래 이 색이었는지.

R은 재킷을 한번 걸쳐보고 양팔을 벌려보기도 했다.

3

일요일 정오가 되자 R과 아내에게 문자메시지가 도착했다.

L의 부고.

일요일 오후 4시, R과 아내는 L의 장례식장으로 갔다.

식장 내부에 아는 하나, 둘, 셋, 눈, 코, 입.

구석에서 육개장을 먹고 있는 벌건 얼굴. R은 상사의 얼굴을 알아보았다. 저 상사의 성이 박이었는지, 정이었는지. R은 L에게 물을 수 없다.

R과 L은 6년 동안 같은 공간에서 근무했고. 점

심마다 함께 움직였다. 김치찌개와 갈비탕, 짜장면을 번갈아가며 사무실로 주문하거나, 가끔은 외부로 나가 샤부샤부를 먹었다. 점심부터 술에 취한 그들의 상사가 테이블에 손을 얹고 손톱을 깎았던 기억. 예고 없이 R은 그 장면을 기억해낸다. 손톱깎이는 상사의 조끼 안쪽 주머니에서 나온 것이었다.

R과 아내는 헌화와 목례 후 장례식장을 빠져나왔다.

아내는 집에 도착해 카레를 만들었다.

4

R이 잠에서 깨었을 때 텔레비전은 저절로 꺼져 있었다.

저절로 볼륨을 높이고 가끔은 저절로 켜지기도 하는.

저걸 버려야 한다, R은 꺼진 브라운관을 보며 생각했다.

집 안 곳곳에 아직 카레 냄새가 남아 있었다.

아내는 어디로 갔는가?

R은 어두워진 거실을 살폈다.

저 천장은 언젠가 한 번 무너진 것이다.

아주 많이 기울지는 않았다고, R은 생각한다.

천장 안에 빼곡히 먼지뿐일까. 길이가 제멋대로인 나뭇조각들과 종이 뭉치, 작고 무수한 벌레들. 곰팡이. 부옇게 깔린 거미줄이 그 모든 것들을 하나로 보이게 하겠지.

R은 천장 모서리에서 희미한 거미줄을 본다.

그가 누운 자리, R의 손끝 발끝에서 죽은 거미가 바스락거리고.

아내의 목소리가 들리는 것 같은데 바람 소리일지도 모르겠다고, R은 생각한다.

발목이 시리고, 누워 있는 바닥이 얼음처럼 차갑다고 느낀다.

R은 기억해낸다. 얼음이 된 호수를.

아이젠을 운동화에 칭칭 감았던 기억. 뾰족한 금속 끝에 손등이 긁히고 찬 공기가 머리칼을 날렸다. 차가운 바람에서 나무 타는 냄새가 나기도 했다. R은 파란색 캡모자를 눌러쓰고 뜨거운 물이 담긴 은색 텀블러를 챙겼다. 시간을 확인하고, 생각보다 이르다는 생각. R에게 일행은 없었다. 어쩌면 곧 아는 누군가 여기로 올 수 있다고 짐작하며 지갑 안을 뒤적였다. R은 얼음호수 입구 매점에 들어가 미끼를 샀다. 미끼는 검정 봉투 하나였다. R은 손에 든 검정 봉투가 꿈틀거리는 것 같다고 생각했다. R은 곧고 키가 큰 전나무가 빽빽한 길을 걸었다. 나무 길의 끝에 다다르자 흰빛이 쏟아졌다. 얼음호수 어디에도 그늘 없이 눈이 부셨다. 흰 얼음 위에 크고 작은 점처럼 사람들이 웅크리고 앉아 있었다. 두툼한 장갑을 낀 사람들은 하나같이 팔짱을 끼고 움직이지 않았다. 그들 앞에는 똑같은 크기의 구멍이 하나씩 있었다. R은 고개를 들어 해를 확인했다. 시간이 지나도 오래 해가 비춰질 수 있는 곳으로, 그림자가 가장 늦게 드리워지는 곳이 좋지 않을까, 가늠해보고, 손가락으로 가리켰다. 저기 저 나무 쪽 가까이에 뚫어주세요. R의 말대로 한 남자가 그리로 저벅저벅 걸어갔다. R은 뒤를 따랐다. 호수는 흙바닥보다 단단하게 얼어 있었고 R은 귀가 시렸다. 맑고 차가운 날이었다. 하늘에 구름 없이 새 없이, 하늘엔

바람조차 흐르지 않는 것 같았다. 멈춰 있는 것 같다고, R은 생각했다.

여기요. R이 얼음 바닥에 발짓을 했다. 스키바지를 입은 남자가 정확히 R이 가리킨 거기를 찍어내고, 파냈다. 둔중하고 둔탁한 소리와 함께 얼음덩어리가 원형으로 떨어져 나갔다. 하나의 구멍과 등이 긴 캠핑의자, 낚싯대가 R의 앞에 놓였다. R은 지갑을 열어 그것들의 값을 지불했다.

토치와 텐트, 그런 것들도 대여할 수 있는지, R은 남자에게 물었다.

기다리라, R은 답을 들었다.

스키바지를 입은 남자가 R에게서 빠르게 멀어졌다.

R은 얼음 위에 놓인 의자에 앉아 먼 곳을 봤다.

키가 큰 나무들의 잔가지가 천천히 흔들렸다.

얼음 위에 앉아 있는 사람들은 모두 혼자였다.

서로 멀리, 멀리 떨어진 혼자.

R은 얼음 바닥에 난 동그란 물 구멍을 내려다보기 시작했다.

여기에서 죽는단 말이지. 그럴 정도인가. R은

생각했다.

사람들이 제인호수에 몸을 던지는 이유는, 그게 하나의 유행이기 때문이라고, R은 생각했다. 충분히 깊고 아름답기 때문에. 사람들은 아름다움에 끌리고, 아름다움을 참지 못한다. 그저 삼켜지는 아름다움은 없다. 기어이 감탄을 뱉는다. 회자되고 회자되어 누군가의 귀까지 들려오는 소문이 된다. 유행이 된다. 오 나도 꼭 거기서 죽어야지. 누구나 한 번쯤 결심하는 날이 있다.

R은 죽을 생각이 없었고, 낚시가 취미도 아니었다.

그러나 한 번쯤 오고 싶었다.

죽고 싶은 지인을 곧 만날 수 있을 것 같다.

마주칠 수 있을 것만 같은 기대.

그런데 그게 기대가 맞았을까. R은 미심쩍은 마음이 된다.

기대감이었다면, 끝내 보지 못할 수도 있다는 기대 아니었을까.

5

R은 다시 천장을 본다.

모서리에서 모서리로 눈알을 굴린다.

굴리고 굴려도 더 멀리 가지는 못한다.

R은 기억해낸다.

상사의 성을.

상사는 박씨도 정씨도 아니었다.

그냥 개같은 새끼.

그날 상사와 L 그리고 R, 셋은 콩국수를 먹기 위해 중국집으로 갔다.

2층으로 올라가 원탁에 자리를 잡았다.

콩국수 셋, 상사는 그렇게 주문했다.

곧 원탁 가운데 단무지와 양파가 올려졌다.

상사는 물 한 잔을 한 번에 들이켜고 나서 조끼 안쪽 주머니를 뒤적였다. 거기서 손톱깎이가 나오고, 상사는 손톱을 똑똑 잘라내기 시작했다. 고개 숙인, 속이 빈 상사의 머리통, 자주색 두피가 R에게 보였다.

R은 중국집 통유리창 밖으로 시선을 돌렸다.

L은 핸드폰을 들여다보고 있었다.

점심시간에 이 중국집은 더 분주하고 덥다. 더러운 것도 같다. 테이블이 늘 끈적거리고. 직원이 들고 있는 행주는 보풀이 너무 많다. R은 그런 생각을 하며 창밖의 흔들리는, 휘어지는 신호등을 보았다. 신호등이 흔들릴 정도로 바람이 불다니. 맑은 날인데 무슨 바람이 이렇게 부는지. R의 감상이 끝나기 전에 콩국수가 테이블에 놓였다. 상사는 웃는 얼굴로 깎인 손톱 조각들을 그러모았다. 그것들을 R에게 내밀던 상사의 얼굴.

고명 삼아 얹어 먹어봐. 상사가 말했다.

R은 말라비틀어진 누런 조각, 조각들을 내려다보았다.

얼른 먹어봐. 상사가 말했다.

진심일까. R은 잠깐 생각했다.

하하하. 장난이야 장난. 상사가 말했다.

L은 여전히 핸드폰을 내려다보고 있었고.

R은 L의 표정이 보이지 않았다.

여기 고량주 한 병 줘. 상사가 말했다.

서성이던 종업원은 고개만 끄덕이고 사라졌다.

콩국수가 미끄럽다. R은 젓가락질하며 생각하고.

콩국수가 미지근하다. R은 목으로 넘기며 생각했다.

콩국수를 먹는 동안 상사의 손톱 조각들이 R의 눈앞에서 사라지지 않았다. R은 자꾸 그 누런 조각들에 눈길이 갔다. 불쾌하지만 눈을 감고 먹을 정도는 아니라고, R은 생각했다. R은 견디고 있었다. 견디고 있다는 사실을 알았다. 뭘 견디고 있는 걸까. 손톱을? 그건 아닌 것 같은데. 히터 바람을 견디고 있는 것 같았다. 건조하고 뜨거운 바람이

R의 머리칼을 날리고.

L은 콩국수를 먹으면서도 핸드폰을 들여다봤다.

상사는 두 개의 작은 잔에 고량주를 따라 R과 L에게 건넸다. 원탁에서 셋은 잔을 부딪쳤다.

양장피 하나 줘. 상사가 주문했다.

근처를 떠돌던 종업원이 고개를 끄덕였다.

점심시간이 끝나기까지 40분 남았고.

점심시간이 끝나기 전에 상사는 노래를 부를지도 모른다. R은 생각했다.

노래를 부를 때 침이 튈 텐데. R은 그것을 견뎌야 했다. R은 상사 옆에서 걸어 사무실까지 도착해야 하고 사무실에서는 어항을 닦아야 한다는 것을 알았다. 어항을 닦은 뒤에는 그의 자리로 돌아가 엑셀 창을 켜고, 단축키를 누르겠지. 어려운 일은 없었다. 가까운 미래가 더 가까워질수록 R은 따분함을 느꼈다. 그는 그의 하루를 너무 다 알고 있었다.

콩국수를 먹는 동안 큰 바람이 통유리창을 흔들었다.

R은 중국집 2층 홀 창밖 만국기가 요란하게 흔들리는 것을 보았다. 국기마다 달린 은박지가 떨어져 나가기도 했다. 한 노인이 강한 바람에 멈칫거리며 길을 걷고 있었다. 한순간 만국기의 줄이 끊어져 공중에서 휘돌았다. 끊어진 만국기 줄이 멈칫거리는 노인의 목을 휘감았다. 노인은 당황을 했는지 길바닥에 넘어졌고, 드러눕고 퍼덕거렸다. 가로수의 얇은 나뭇가지가 바람에 휘어지다가 부러져 나갔다. 곧 통유리창으로 사람들이 몰려들었다. 무슨 의미의 신음인지. 사람들은 밖을 내려다보며 소리를 냈다. 아무도 바람이 처부는 밖으로 나가지는 않았다. 노인이 저 자리에서 죽을 것인지 지켜보는 하나, 둘, 셋, 눈, 코, 입, R, 대가리.

노인은 죽지 않았다.

그 후에 만국기가 사라질 줄 알았는데.

왜 아직까지 걸려 있을까. R은 생각했다.

아직까지 걸려 있던가. R은 그건 잘 모르겠다.

지금은 허공이지 않을까.

R은 만국기 없는 그 하늘을 상상하고.

R은 한순간, 단 한 번에, 여러 장면이 떠오르기도 한다.

눈앞에서 생생하게 겹쳐지는 시간.

R은 갑자기 다 이해할 수 있을 것 같아지고.

생각해보면 당신은 좋은 사람은 아니었어. 이 메시지를 보낸 전화번호 뒷자리 1893이 아내의 5년 전 전화번호 뒷자리라는 것을, R은 기억해낸다.

겨울장면 #6–#10

6

죄가 없는데도 죄인이 되는 사람들이 있어요. 도망가는 사람들이에요. 도망자는 자유를 꿈꾸지만 결국엔 숨어서 자기검열을 시작한다고 해요. 그 후로는 죄의식으로만 산대요. 죄의식만큼 인간다운 게 없다고 해요. 얼음호수에 나타난 아내가 말했다.

R은 뚫린 물 구멍을 향해 몸을 기울이고 앉아 있었다.

R은 그 투명한 물에 얼굴을 담그고 싶었다.

숨이 막히게 차갑겠지. 물속에서 눈을 뜨고, 눈

을 헹구고 싶다고, R은 생각했다.

R은 물속에서 들려오는 아내의 목소리를 상상했다.

뜻 없이 무겁게 뭉개지는 소리가 R의 머리 위에서 들려오고.

R은 아예 거꾸로 처박히지는 못할 것이다.

R의 최선은 멈춰 있는 것이었다.

우리는 불행하지 않아요. 아내가 말하고.

R은 여전히 물 구멍에 얼굴을 담그지 못했다.

R의 아내가 친절히 그의 뒤통수를 밀어줄 수도 있겠지만.

어쩌면 R이 바라는 것은 그것이었다.

우리는 아무렇지 않아요. 아내가 말했다.

우리는 왜 같이 살지? R이 아내에게 말했을 때 그의 목소리는 물속에서 말하는 것처럼 뜻을 알 수 없이 무겁게 뭉개져 밑으로, 더 밑으로 가라앉았다. 아무도 그 소리를 찾을 수 없게 되었다.

이제 그만 가요. 상처받지도 않았잖아요. 아내가 말했다.

7

제인해변은 떠오르는 작명 여행지였다.

개명을 하기 전에 사람들은 해변으로 가 어떤 영감을 받아 온다고 했다.

R은 개명에 대한 감흥이 없었지만.

제인은 R의 아내가 태어난 곳이기도 했다.

제인에서 겨울 휴가를 보내기 위해 부부는 가지고 있는 가장 따듯한 옷들을 챙겼다.

티켓은 여전히 파란색이었다.

고속버스 안에서 아내와 R은 대화하지 않았다. 버스가 출발한 후에 아내는 줄곧 창가에 머리를 기대고 있었다. R은 꼿꼿이 앉아보거나 팔걸이에 무게를 싣고 한쪽으로 기울어지거나 부러 온몸에 힘을 빼고 의자에 깊숙이 파고들기도 했는데 잠들지는 못했다.

R에게 보이는 것은 버스 창 쪽으로 고개를 돌린 아내의 뒤통수였다. 톨게이트를 통과하고 가장 먼저 보인 풍경은 도로 너머 대형 병원의 장례식장이었다. 아내도 그걸 본 것 같았다. 작년 봄 장모의 장례를 저기에서 치렀던 기억이 불현듯 떠오르고. 곧 도착할 것 같았던 버스는 시내에서 오래 헤맸다.

R과 아내는 터미널 내 슈퍼로 향했다.

맥주 두 캔과 기다란 막대 폭죽 다섯 개를 샀다.

둘은 그걸 들고 걷기 시작했다.

춥지 않아요? 아내가 물었다.

걷다 보면 좀 나아질 거야. R이 대답했다.

R과 아내가 도착했을 때 해안가는 어두워져 있었다.

축축하고 차가운 바람이 얼굴에 불어닥쳤다.

아내의 머리칼이 날리고. 옆에 서 있는 R의 눈을 찔렀다.

횟집으로 들어가자는 것은 나의 제안이었던가. R은 천장을 보며 생각해본다.

R은 세꼬시를 주문했다.

R의 아내의 취향을 기억하고 있었다.

씹는 맛이 좋다고 세꼬시만 먹잖아, 그렇지?

맞아요. 아내는 웃는 얼굴로 그렇다고 했다.

저녁 8시 30분이었다.

아직 9시가 안 됐어. R이 말했다.

9시도 안 지났어요? 아내는 눈을 동그랗게 떴다.

아아.

아내는 늙었는데 눈을 저렇게 동그랗게 뜰 수 있다니.

아내는 상 위에 펼친 비닐을 정리하고 그 위에 젓가락을 놓는 일에 열중했다.

아내는 제인과 잘 어울리고 이 횟집과도 잘 어

울렸다.

횟집의 형광등은 어두운 푸른빛이었다.

곧 누군가 씹다 뱉은 것 같은 모양새로 세꼬시가 테이블에 올랐다.

쇠젓가락에서 비린내가 났다.

세꼬시는 일본말인가? R이 물었다.

일본말이겠죠. 아내는 한 젓가락 크게 집어 씹어 먹으며 대답했다.

R은 아내의 잔에 소주를 따랐다.

아내는 한 번에 잔을 비우고 만족하는 것 같았다.

둘은 겨울 휴가에 대한 특별한 계획을 가지고 있지는 않았다.

따듯한 뭔가를 먹고 자고, 그러다 다시 돌아가겠지.

R과 아내는 편하게 취해갔다.

횟집 홀 안에 손님이라고는 R과 아내뿐이었다.

대형 냉장고가 가동되는 소리가 크게 들려오고.

R과 아내는 각자 하고 싶은 말을 했다.

두서없이 대화가 이어졌다.

그렇게까지 했어야 했어요?

더 할 수도 있었지.

슬픔은 갈비뼈로 와요. 슬퍼서 그랬어요.

이렇게까지 해야 할까?

망가진 것들에서는 반드시 소리가 나요.

이렇게까지 해야만 해.

이거 끼워볼래요? 어느새 R의 옆으로 와 앉은 아내가 자기 손가락에 끼워져 있던 반지를 빼내 그의 새끼손가락에 끼웠다. 잘 맞는다고, R은 생각했다. 아내의 반지는 매끄럽게 반짝였다.

저기 저 남자 보여요? 내 동창이에요. 아내가 오픈된 주방을 눈짓으로 가리켰다. R은 그쪽을 보았다. 한 남자가 주방 안에서 등을 보이고 서 있었다. 등만 보이는데 어떻게 알아보았을까. 동창이란 등만 봐도 아는 사이일까? 그래. 그럴 수도 있겠지. 아내는 제인에서 태어났고, 십 대 중반까지 살았으니. 제인의 누구든 아내의 동창, 선배, 후

배, 은사일 수 있었다.

잠깐만요, 아내는 취기로 어지러운 듯 힘겹게 바닥을 짚고 자리에서 일어났다.

휘적휘적 걸어 주방 안으로 들어가는 아내.

R은 아내를 바라보면서 소주를 새로 따라 마셨다.

아내는 동창이라는 남자의 귀에 대고 뭐라 잠깐 속삭였다.

자주 속삭여봤나. 아내가 동창이라는 남자에게 기울어진 모습이 어색하지 않아 보였다.

8

아내와 R은 어깨동무를 하고 언 모래 위를 걸었다.

파도 소리가 컸다.

바람이 사방에서 세게 불고 머리카락이 마구 휘날렸다.

여긴 정말 긴 해안이에요.

바다가 계속 옆에 있었다.

언제 젖었지. 아내와 R의 발이 다 젖고.

무릎이 젖고, 허벅지까지 젖었다.

춥기도 춥고.

아아. 우리 지금 물에 너무 가깝다. 바다에 들어와 걷고 있나.

주위에 물뿐이었다.

9

R은 차가운 모랫바닥에 빰을 대고 엎어져 있었다.

R은 누운 채로 눈을 끔뻑였다.

R에게 보이는 것은 부서지는 길고 흰 파도였다.

아내가 옆에 없고, 소원도 없는데. 이 바닥에 왜 누워 있나.

모랫바닥에 빈 소주병이 나뒹굴었다.

내 것이 아닌 병들이 왜 내 앞에.

화가 난 사람이 던졌겠지.

R은 화가 나는 것도 같았다.

R은 취기 때문인지 자기 기분이 잘 헤아려지지 않았다.

R은 왼쪽 새끼손가락에 아내의 반지가 끼워져 있는 걸 확인했다.

R은 반지를 빼 바다에 던지고 싶다는 충동을 느꼈다.

R은 엎어져 있던 자리에서 천천히 일어났다. 현기증과 갈증, 귓속이 웅웅 울렸다. 파도 소리가 점점 더 커지는 것 같았다. R은 선 자리에 계속 서서 왼쪽으로 조금씩 기울었다. R은 목이 말라 입안에서 혀를 굴려 침을 만들어내 삼켰다. 모래가 씹혔다. 침을 한데 모아 뱉었다. 이가 훅 하고 뱉어질 것 같았다.

물에 젖은 외투가 무거웠다. 젖은 바지가 R의 다리에 달라붙어 있었다. 짠물에 절은 신발은 버리는 게 나을 것 같았다. 하지만 R은 아무것도 벗지 않고 버리지 않았다. R은 다 끌고 걸었다. 그는 해변을 벗어나 인도를 걸었다. 걸었다기보다 온몸을 길바닥에 비비고 있는 것 같았다.

가로등이 멀리에 하나씩 있었다. 아내의 반지를 가끔 쳐다보면서, 아내와 어디서 어떻게 헤어졌는지 떠올려보려 애를 써도 기억이 없었고 답답함이 치밀어 화가 나려 했다. 핸드폰은 어디에 있는지. 지갑은 바지 주머니에 있었다.

그 횟집으로 가야 하지 않을까. 핸드폰이나 아내, 둘 중 하나는 거기 있지 않을까.

어디 들어가서 좀 자야 하지 않을까. 지갑은 있으니.

곧장 터미널로 가 첫차 티켓을 끊고 집으로 돌아가야 할까.

집으로 돌아가면 해결될까? 뭐가?

휴가는 아직 끝나지 않았으니.

걸음을 내딛을 때마다 골이 울리고 발목이 아파왔다.

어디로 얼마나 걸어야 할지.

R은 하늘을 올려다보고, 왜 올려다봤지, 생각을 하고.

R이 아내를 버린 건지,

아내가 R을 버린 건지.

누가 누구를 버리지 않았대도 서로 멀어질 수 있었다.

아내는 저 어느 차가운 모랫바닥에 있는 걸까.

겨울바람에 젖은 옷이 얇게 얼었다.

비가 떨어졌다.

빗줄기가 굵어지고 R의 외투에서 바닷물이 씻겨 내려가는 것도 같았다.

여기 어디 만국기가 펄럭이고 있다면. 바람에 끊어진 그 줄이 내 목을 휘감을 수 있고. 어딘가를 걷고 있을 아내의 목을 휘감을 수도 있다. 만국기는 어느 하늘에나 어울리고, 우리의 목은 무방비하게 밖을 떠도니.

R은 아내 목뒤의 점을 기억해냈다.

붉은색이 많이 섞인 옅은 갈색.

여기에 문신을 하는 건 어때? 아내에게 물었던 기억.

언젠가 R은 문신이 가득한 아내의 뒷모습을 상상하기도 했었다.

목에서부터 시작돼 등허리에서 끝나는 청회색

무늬.

이글이글할 것 같다고, R은 생각했다.

작명합니다.

R은 해안가의 인도를 걷다가 작명을 한다는 천막을 발견했다.

비바람에 몹시 흔들리는 초록색 천막 안으로 R은 얼굴을 들이밀었다.

R의 안면으로 온기가 훅 느껴졌다.

노인과 원형 테이블. 전구가 보였다.

들어오세요. 노인이 눈을 감은 채로 말했다.

R은 들어가 앉았다.

다 젖었군. 노인이 R을 훑어보며 혀를 찼다.

빗줄기가 천막을 뚫을 것 같았다.

R은 노인에게 묵을 만한 숙소를 묻고, 횟집, 그리고 터미널은 어느 방향으로 가야 하는지 물었다.

몰라. 노인은 모른다고 대답했다.

노인은 R의 생시를 묻고, R은 대답했다.

노인은 R에게 새로운 이름 두 개를 지어주었다.

R은 천막에서 나와 한 방향으로 걸었다.

멀리 번개가 번쩍였다. 정박한 배에 꽂힌 깃발들이 사납게 펄럭였다.

아내는 비 오는 거리 어디에도 없었고, R은 걷다 지쳐 간판에 불이 켜진 모텔로 갔다.

R이 모텔 안으로 들어갔을 때 키 크고 멀끔한 젊은 남자가 샹들리에 아래에서 바닥을 쓸고 있었다. 천장에서 작은 크리스털이 잔잔하게 흔들렸다. 바닥에 깔린 큰 대리석이 깨끗했다. R이 입은 것과 머리카락에서 물이 뚝뚝 떨어졌다. R은 얼굴의 물기를 한 손으로 훑어 닦았다.

R은 301호 키와 칫솔을 받았다.

엘리베이터는 없었다.

R는 계단을 돌고 돌아 올라갔다.

R의 머리 위로 센서 등이 켜지고, 젖은 어깨가 무거웠다.

모텔방 안에 창은 하나였다.

창을 열자 찬 바람과 굵은 빗줄기가 들이쳤다.

혹시 아내가 이 창밖을 걷고 있지는 않을지.

비는 사선으로 그어지고 비는 가로등의 빛을 받고 있었다.

창밖에 R이 원하는 것은 없었다.

R은 또 다른 창이 필요하다고 생각했다.

R은 창을 닫고 등을 돌렸다.

저 소파는 인조가죽인 것 같다.

저 소파는 갈색이고 인위적인 광이 흐른다.

저 소파는 사람 피부와는 다르고.

저 소파는 끌리지 않는다.

끌리는 소파란 어떤 것일지 R은 잠시 생각하고.

R은 벗어놓은 옷가지를 비틀어 짜고 탈탈 털었다. 외투는 옷걸이에 걸고 셔츠와 바지, 양말은 소파에 펼쳐두었다. 침대로 가 벽을 보고 누웠다.

R은 잠깐 잠이 들었다.

그사이 날이 밝고,

R은 잠들었던 자리에서 일어나 모텔방을 두어 바퀴 걸었다.

R의 머리칼 속에서 모래가 서걱거렸다.

R은 거울 앞에 서서 어제는 없던 멍을 보았다.

목과 턱에 넓은 초록.

그리고 바닥 한구석에서 잘린 손톱 조각을 보았다.

R은 헤어드라이어를 켜 젖은 옷들을 한참 말렸다. 그런대로 마르기는 했지만 군데군데 축축했고, 온통 비린내가 났다. 팔다리를 집어넣으면서 목뒤가 뻣뻣해 고개를 저었다. 신발 속에는 젖은 모래가 가득했다. R은 신발에 발을 집어넣으면서 참 좆같다고 생각했다. 밖으로 나가기 전, 잠깐 잠들었던 침대와 방바닥과 소파를 둘러보았다. 지갑을 뒤적여 확인했다. 지갑 안에는 있어야 할 것들이 그대로 있었다.

어제 그 횟집 이름이 뭐였는지. 간판을 마주치게 된다면 알아볼 수 있을 것 같았다.

10

비가 그쳐 제인의 아침 거리는 밝고 맑았다. 길바닥이 아직 다 마르지 않아 물기로 번들거렸다. 밟고 걷는 바닥, 바다 물결, 거리 곳곳에서 빛이 반사돼 눈이 부셨다. 걷는 동안 해변과 항구와 터미널을 지나고, 정박한 배와 깃발과 그 위의 새를 지났다.

R은 걸었다.

축축하게 신발 자국을 남기고. 모래를 흘리고.

고개 들어 하늘을 보자 R의 머리 위로 대형 케이블카가 지나가고 있었다.

R은 정수리와 케이블카 사이의 거리가 너무 가깝다고 느꼈다.

아내가 저 안에 있지는 않을까. R은 생각했다.

갈매기가 그의 머리 위에서 떼 지어 날고. 울고.

배가 바닷물 위에서 빙 도는 것을 보았다.

저렇게 큰 배가 저렇게 가볍게 원을 그리고.

걸었다.

그물망을 정리하는 두 중년을 지나.

남자는 긴 비닐 앞치마를 입고 있었다.

어제 본 것보다 덩치가 더 크다고, R은 생각했다. 아내의 동창이라는 남자는 키만 큰 것이 아니고, 어깨, 가슴팍이 두툼하고 다부졌다.

괜찮으세요? 아내의 동창이 먼저 R에게 말을 걸어왔다.

R은 괜찮다고 대답했다.

그렇지 않아도 기다리고 있었다며, 남자는 R을 횟집 내부로 안내했다.

R은 남자의 뒤를 따라 걷는 동안, 아내가 횟집

안 어딘가에 앉아 믹스커피를 마시고 있지는 않을는지, 내부를 살폈다. 영업을 시작하지 않아 홀에 불이 꺼져 있었다. 사람은 단 한 명도 없었다.

동창이라는 남자는 큰 보폭으로 횟집 여기저기를 누비다 R의 앞에 섰다.

남자는 R에게 핸드폰과 기다란 막대 폭죽 다섯 개를 건네주었다.

아아. 감사합니다. R은 받아 들며 말했다.

R은 아내의 행방을 물었다. 혹시 여기에 다시 왔는지.

글쎄요? 동창이라는 남자는 글쎄요?라고 말했다.

제가 어제 실수했나요? R이 물었다.

어제 몹시 넘어지셨는데. 허허허. 아내의 동창은 허허허, 하고 웃었다.

아내의 동창과 R은 짧은 악수를 했다.

악력이 세다고, R은 생각했다.

해장하고 가세요. 아내의 동창이 말했다.

미역국이 해장에 좋습니다. 남자가 메뉴판을 R

에게 건넸다.

R은 유리와 가까운 구석 자리로 가 앉았다.

홀에 모든 형광등이 일제히 켜지고,

미역국 하나 주세요. R이 주문을 했다.

횟집에는 동창이라는 남자와 R, 둘뿐이었다.

곧 전자레인지를 조작하는 소리와 식기가 부딪치는 소리가 들려왔다.

다 드시고 밥 모자라면 말씀하세요. 아내의 동창이 미역국과 몇 가지 반찬을 테이블에 내려놓으며 말했다.

R은 동창의 얼굴을 살폈다.

낯이 익고, L의 장례식장에서 봤던가.

L을 아십니까? R이 묻기 전에.

제인호수에 가보셨나요? 아내의 동창이 R에게 물었다.

호수요? R이 되물었다.

네. 보통 여기 다음 관광 코스가 거기예요. 안 가보셨으면 한번 가보세요. 일단 크기도 크고. 크니까 사람들이 크기에 압도되는 겁니다. 바다도 그렇고 호수도 그렇고. 산도 그래요. 산은 많이 안

알려졌는데, 작은 동산만 올라도 탁 트이고 시원해요. 며칠 더 있으실 거면 가보실 만한 곳 제가 몇 군데 추천해드릴 수 있습니다. 아내의 동창은 R의 맞은편에 앉아 이런저런 말이 많았다.

R은 동창에게 아내에 대해 묻고도 싶었다.

어제 아내는 너에게 뭐라고 속삭였는가.

R은 터미널로 향하는 동안 아내에게 전화를 걸었다.

꺼져 있었다.

다섯 번 더 걸었다. 켜지지 않았다.

R은 아내에게 문자메시지를 보냈다.

R은 폭죽 다섯 개를 한 손에 쥐고 걸었다. 버려야 할지 고민하면서.

겨울장면 #11-#15

11

집으로 돌아온 R은 폭죽 다섯 개를 방 한쪽 모서리에 세워두었다.

그리고 매일 저 폭죽을 버려야 한다고 생각했다.

바닥에 누워 오롯이를 오로시 발음하고.

R에게는 입안에서 말을 굴려 침을 만드는 습관이 생겼다.

12

사라진 건 당신이지요. 아내가 말했다.

R은 얼음호수에 앉아 물 구멍을 내려다보았다.

당신이 뭘 상상하건 그런 일은 일어나지 않았어요. 걱정하지 말아요. 아내는 R의 어깨 위에 손을 얹었다.

나는 걱정하지 않아. 나는 걱정이 없어. R은 말하고 두 손으로 얼굴을 감쌌다. 마른세수를 했다.

춥지 않아요? 아내가 말했고.

R은 허공에서 아내의 입김을 보았다.

먼저 가. R이 말했다.

낚싯대는 얼음 바닥에 놓여 있었다.

R은 대여한 낚싯대를 들지 않았고, 얼음물 속으로 드리우지도 않았다.

집에 카레를 만들어놨어요. 아내가 말했다.

혼자 다 못 먹을 정도예요. 아내가 말했고.

먼저 갈게요. 아내가 말했다.

R은 아내가 얼음호수에서 벗어나는 뒷모습을 지켜봤다.

아내의 걸음마다 회색 외투의 끝이 가볍게 흔들렸다.

13

R이 진료실의 유리 밖을 내다볼 때, 의사는 직시, 라는 말을 했다.

뭘요?

현실을요.

R은 현실이라는 말이 웃겨서 웃었다.

때와 장소에 맞춰 웃어야 한다는 걸 알고는 있었는데 R은 그게 잘 안 됐다.

R이 진료실의 유리 밖을 내다볼 때,

의사는 직시, 라는 말을 했다.

뭘요?

현실을요.

R은 진료실의 미닫이문을 옆으로 밀고 나왔다.

복도가 환하고 끝이 없을 것처럼 조용했다.

14

요즘 뭐 해, R은 그런 문자메시지를 받았다. L에게서 온 것이었다.

마침 며칠 전부터 네가 생각났어. 그런데 너는 죽었잖아. 아니야? R은 그렇게 답장을 보냈다.

아직 살던 데 살고 있지? 한 번 더 L에게서 메시지가 왔다.

R은 밤새 문자메시지를 주고받았다.

15

치료 기간이 꽤 지났는데 왜, 여기를 찌르는 것 같은 느낌이 계속 있죠? R이 의사에게 물었다.

발목뼈가 깨끗이 부러지지 못해서 그렇습니다. 붙어야 할 곳이 한 군데면 회복이 빨랐겠죠. 좀 지저분하게 다치셨죠. 아. 지저분하다는 게 그러니까 역겹고 더럽다는 뜻이 아니고요. 처치가 곤란하다는 뜻으로요. 발목이 비틀려서 끊어지기 직전이었잖아요. 사람 몸은 우리 예상보다 훨씬 느리게 회복됩니다. 개인차도 크고요. 수술이 잘됐어도 그 후에 생활하기 나름입니다. 좀 내려놓으세요. 시간이 가기를 기다려보세요. 지금보다는 나아질 겁니다. 의사가 말했다.

의사는 R의 발목을 이리저리 돌려보고 가볍게 꾹꾹 눌렀다. 그러는 동안 R은 고개를 돌려 큰 창을 바라보았다. 진료실의 내부 한쪽 벽, 절반이 유리였다. 맑고 추운 날이었다. 진료실은 5층이었고, 5층 창밖 맞은편에 보이는 건물, 파란색 외벽에서 줄에 매달려 페인트칠하는 사람을 보았다. 사람을 매단 줄이 흔들리고. 느리게 눈이 떨어지기 시작했다.

발목에 힘이 더 길러지면 통증도 덜해질 겁니다. 진료 없는 날도 오셔서 물리치료를 받으세요. 오셔서 발목 재활보조기구 간단한 것 두세 개씩 하고 가세요. 하고 안 하고 차이가 커요. 의사는 너무 걱정 말라, 덧붙이며 웃었다.

R은 고개를 끄덕였다.

그런데 어째서 동료가 귀신이라고 생각하세요? 의사가 물었다.

그렇게 생각한 적 없습니다. R이 대답했다.

하셨잖아요. 의사가 피식 웃으며 말했다.

뭘 아십니까? R이 의사에게 물었다.

장례식장에서 돌아오자마자 카레 드셨잖습니까. 의사는 계속 웃는 얼굴이었고.

저 자식은 몇 살이나 됐을까. R은 생각했다.

통증을 줄이는 방법 중에 하나가 현실을 직시하는 것입니다. 의사가 말했다.

R이 진료실 밖으로 나왔을 때 복도는 끝이 난 마지막 장면처럼 눈부셨다.

겨울장면 #16 – #20

16

R은 천장을 보고 있다.

어떤 소리를 듣고 있다.

사람들의 말, 의미를 곱씹고 있다.

뱉을 수도 삼킬 수도 없이 씹기만 한다.

바람 소리 같은 아내의 말소리가 들려온다.

바람은 의미를 알 수 없는 것이고 씹을 수도 없다.

저절로 켜진 텔레비전의 볼륨이 저절로 최대로 높아질 때면, R은 놀라 두 귀를 막고 텔레비전을 바닥에 던지고 싶어진다.

R은 텔레비전을 던지지 못한다.

R은 고장 난 텔레비전을 소중하다는 듯 가슴팍에 안고 걷는다.

아무 미련 없이 길바닥에 내려놓는다.

텔레비전 옆에 버려진 소파가 수거를 기다리고 있다.

저 소파는 천이고, 저 소파는 푸르고 검은색이 섞인, 체크무늬다.

저 소파는 곧 눈이나 비에 젖어 더 진한 색이 되고 더 무거워질 것이다.

저 소파에 누군가 엎드려 자위할지도 모르고, 소파 안에 사정하며.

그때 조명은 가로등의 주황색이 될 것이다.

R은 소파를 지나 걷는다.

집으로 돌아간다.

R은 몇 가지 가능성에 대하여 생각하기 시작한다.

복직을 한다.

퇴근을 한다.

발목을 돌린다.

상사가 R의 발목을 지적한다.

자네 그것밖에 안 되나? 이렇게 못 꺾나?

상사는 데스크에 다리를 얹고 발목을 괴기스럽게 움직일 것이다. 상사의 양말 색은 쥐색일 것이다. 양말 속에서 꿈틀거리는 상사의 발가락이 보일 것이다.

그때 R에게는 고개 돌려 밖을 내다볼 창이 없을 것이다.

출근을 하고 다시 퇴근을 하고, 퇴근길에 사무실 근처 코인노래방에 들어간다.

들어간 후에야 지폐나 동전이 없다는 걸 알게 되고 기분이 상할 수 있다.

R은 새로운 동료를 만들 수도 있다. 그 동료가 어떤 걸음으로 걷는지 살피다가 비슷하게 걷게 되고, 비슷한 속도로 밥을 먹게 될 것이다.

17

얼음호수에서 아내가 사라지자 주위에 아무도 보이지 않았다. 해가 져 있었다. 멀리 호수 입구 매점에서 불빛이 보이기는 했다. R은 추워서 텀블러의 물을 마셨다. 미지근하게 식어 있었다. R은 집으로 가야 할지, 다른 숙소를 정해야 할지를 고민했다. R은 얼음 바닥에 놓인 검정 봉투를 발견하고, 저걸 들고 걷고 싶지는 않다고 생각했다. R은 검정 봉투에서 미끼를 꺼내 뚫린 물 구멍에 쏟아붓기로 했다. R은 그렇게 했다.

R은 의자에서 일어나 손을 털었다. 입김을 불

어 손을 녹이고.

그사이 더 어두워졌다.

R은 매점 불빛이 보이는 쪽으로, 그 빛에 의지해 걸었다.

발이 젖어 있었고, 정강이가 군데군데 축축했다.

R은 조금 걷다 멈췄다.

R은 팔뚝에서 기고 있는 누런 구더기를 발견했다.

R의 발등과 허벅지에도 구더기가 붙어 있었다. R은 털어냈다. 쉽게 떨어지지 않았다. R이 다시 앞으로 걷기 시작할 때 호수 입구에 보이는 매점 불이 꺼졌다.

R은 주위를 둘러봤다.

어두움 속에서 호수 둘레의 나무 윤곽만이 보였다.

멀리, 산에 난 도로에서 빨간 불빛이 보이기도 했다.

R은 잘못 생각하고 있었다.

곧 이 호수에서 벗어날 것이라는 확신.

그의 몸 여기저기 구더기가 붙어 있을 것이라는 착각.

그는 알지 못했다.

얼음호수의 끝을.

겨울의 시작과 끝을.

제인해변에서 새로운 이름을 만들고 다음 날 아침 제인호수에 몸을 던지는 사람들의 마음을.

마음을. 그 누구의 것, 자기의 것도 그는 알지 못했다.

마음은 단순히 기억이 아니고.

기억은 단순한 것이 아니다.

기억은 모든 것이다.

모든, 아무것도 아닌 것이라고, R은 생각했다.

그는 알지 못했다.

그가 걷는 발걸음마다 신발 바닥에 붙은 구더기가 짓이겨지고 있다는 것. 아이젠 톱니 사이사이에 구더기가 박혀 있고, 어두운 얼음 위를 걷던 그가 한순간 미끄러져 뒤통수부터 바닥에 닿을 것을.

R은 추락하지 않는다.

R은 바닥이 차갑다고 느낀다.

R은 발목이 시리다고 느낀다.

R은 어렵지 않게 모든 순간을 실감한다.

R의 누운 얼굴 위에 눈이 떨어지고 R은 눈이 부시다고 생각한다.

멀리 지나는 차의 불빛이 선명하고 R은 잠깐 거기에 집중한다.

다음 날에도, 그다음 날에도 호수 입구의 매점은 문을 열지 않는다. 나무에 둘러싸인 언 호수의 아름다움을 누구도 찾지 않는다. 얼음 바닥 위에서 R은 오래 혼자이고 그러나 끝내 발견된다.

18

내가 넘어진 것은 어쩌면 자의였는지도 모른다. 이건 R의 오해였다.

밀어내면 멀어지는 시간.

낱낱이, 쇠구슬처럼 사방으로 흩어지는 시간.

다시 발치로 굴러오는 시간.

아무도 모르게 증발하는 시간.

구정물처럼 눈앞에 튀는 시간.

튀어 오르는 빗물과 얼굴 앞에 고함.

R은 빗속에 뒤집어진 우산을 떠올린다.

그 큰 검은 우산.

우산을 바닥으로 집어던진 게 R이었는지 아내였는지.

빗속에서 두 사람은 마주 보고 소리 지르는가.

오해라고 했잖아. R이 고함을 쳤던가.

오해라고 했잖아요. 아내가 고함을 쳤던가.

고함치듯이 비가 쏟아지던 밤이었는데.

주위를 지나는 사람은 없었고.

빗속에서 한 사람은 달려 도망치고.

빗속에서 한 사람은 잡기 위해서 달려가는가.

R과 아내가 떠난 자리에 뒤집힌 우산만이 남고, 그 위에 요란한 소리로 비가 떨어졌다.

19

천장은 무너지지 않는다.

바닥이 가라앉는 일도 없다.

R은 사라지지 못한다.

R은 눈을 질끈 감았다 뜬다.

어두움이 눈앞에 있었다.

오늘이 무슨 요일인지.

일주일은 반복을 암시하는 속임수다.

동그라미 같은 인생이라고 검지로 허공에 원을 그리던 아내가 떠올랐다.

아내의 손끝은 차갑고 가늘다.

천장은 무너지지 않는다.

바닥이 가라앉는 일도 없다.

R은 사라지지 못한다.

R은 눈을 질끈 감았다 뜬다.

어두움이 눈앞에 있었다.

오늘이 무슨 요일인지.

일주일은

반복을 암시하는 속임수다.

그때 아내의 얼굴, 목과 손가락, R은 기억한다.

그때 아내가 눈을 얼마나 동그랗고 크게 떴었는지.

R은 뜬 눈을 더 크게 떠본다.

어두움 속에서 얇은 바람이 지나는 것을 본다.

이 집에서 없는 사람이 되고 싶어요. R은 아내의 목소리를 떠올린다.

텅 빈 장롱의 한 칸.

어느 날부터 천천히 아내의 옷이 장롱 안에서 사라지고.

기어이 장롱 안에는 R의 옷만이 남았다.

책장 사이, 사이 공백. 아내의 모든 책이 책장에서 사라졌다.

화장대에 위에 있던 잡다한 것들이 사라지고, 그다음엔 화장대가 사라졌다.

아내는 몇 날 헐벗은 채로 집 안을 활보했던 것도 같다.

춥지 않아? 아내에게 물었던 기억.

R은 아내가 아직 생생하고.

최선을 다한 건 아니잖아? R은 R의 목소리를 떠올린다.

스스로 생각을 해봐. 양심에 손을 얹고. 최선을 다했냐고.

R이 그렇게 말할 때 아내는 울고 있었던가.

웃고 있었던가.

아내의 표정은 하나로 보이는 두 개의 끝.

R은 아내의 얼굴을 기억하지만 이해할 수는 없다.

20

R은 폭죽 다섯 개를 한 손에 쥐고 걸었다.
천변에서 터뜨릴 것이다.
R은 물 위에서 터지는 폭죽을 상상했다.

지금은 새벽이고.
모두 잠들었을까.
아무도 잠들지 않았을까.
물가로 가는 길에 사람을 마주치지 않았다.
R은 자기 신발이 바닥에 끌리는 소리를 들으며 걸었다.

춥고 움츠러드는 새벽이었다.

R은 천변에서 평평한 돌을 찾아 앉았다.

물 흐르는 소리를 오래 들은 다음.

R은 물 앞 돌과 돌 사이에 폭죽 다섯 개를 꽂아 세웠다.

라이터 불을 켜 차례대로 폭죽 끝에 불을 붙였다.

펑 소리와 함께 빈약한 빛줄기가 공중에서 터졌다.

새 몇 마리가 동시에 공중으로 날아올랐다.

아아.

R은 한순간 퍼덕이며 날아간 새를 보고 놀랐다.

저렇게 날개가 크다니.

몇 마리였을까. 네 마리는 되는 것 같았는데.

R은 천변 어딘가 새가 있었을 거라고는 생각하지 못했다.

천변 말고는 폭죽을 터뜨릴 만한 다른 곳을 생각할 수 없었다.

그는 그에 대해 몇 가지씩만 알게 되고 어떤 변명은 대놓고 기만이었다.

새가 날아오른 뒤로 다시 천변에는 물 흐르는 소리만이 있었다.

R은 폭죽의 잔재를 들고 걸었다.

버려야 한다고 생각하면서.

겨울장면 #21-#25

21

아내가 자꾸 사라진다고, R은 생각한다.

R은 아내와 하루에 두 번, 서로의 옆얼굴을 스친다.

R의 퇴근 시간과 R의 출근 시간에 둘은 잠깐 만난다.

R이 퇴근하는 시간에 맞춰 아내는 외출 준비를 하고,

R이 현관문의 비밀번호를 누르는 소리에 아내는 앉아 있던 소파에서 일어난다.

R의 아내는 집에서 나와 어디로 향하는가.

R의 아내는 혼자이거나 여럿과 함께이고.

R은 아내의 뒤를 따라가기도 한다.

R은 궁금한 게 많다.

R의 눈에 아내의 표정이 잘 보이지는 않지만 강한 확신이 있다.

아내는 웃고 있다.

R은 잘못 생각하고 있다. 무엇이든. 하나씩 핀트가 나가.

R은 영영 답을 알 수 없다.

R이 아는 것은, 알게 되는 것은 답과 비슷한 가짜.

가짜만을 아는 R은 걷는다.

아내의 뒤통수를 따라 걷거나.

아내의 뒤통수와 비슷한 뒤통수를 따라 걷는다.

R은 밤거리를 걷다가 외벽 장미 넝쿨에 팔뚝이 스친다.

선명한 빨강이 R의 눈앞에 있고.

R은 걷다가 자기 발목에 자기 발목이 걸려 넘어진다.

22

길이 녹고 있다고, R은 생각한다.

길은 녹지 않는다.

녹고 있는 것은 길 위의 눈이다.

R은 녹는 R을 상상한다.

길 위의 촛농처럼.

R은 점점 팔다리가 무거워진다.

R의 무거워진 팔다리가 늘어지고 늘어져 길바닥에 질질 끌리고.

R은 절룩거리는 것처럼 보이기도 한다.

R의 걸음을 지켜보는 사람은 없다.

R은 언젠가 걸었던 것 같은 길을 걷고 있다.

R은 걷는 동안 누구와도 어깨를 부딪치지 않는다.

R은 좁은 계단을 올라간다.

계단을 오르는 동안 축축한 곰팡이 냄새와 페인트 냄새를 맡는다. 페인트는 파란색이고 인위적이다.

시멘트의 질감이 그대로 드러나는 파란 벽을 지나.

R은 유리문을 열고 들어간다.

R은 계산대에 서서 차가운 커피를 주문하고 진동벨을 건네받는다.

R은 계산대 근처를 서성인다.

한낮에 전면 유리로 비쳐 드는 해가 뜨겁다고, R은 생각한다.

카페 테이블과 의자는 모두 투명 아크릴이다.

빈 의자마다 눈이 부시고.

R이 손에 쥔 진동벨이 울린다.

R은 차가운 커피를 들고 창가 자리로 간다.

R은 시간을 확인한다. 생각보다 이르다는 생각.

오후 3시, 어느 자리나 피할 수 없이 빛이 들이치고 있다.

R은 망, 망, 망, 말들을 입안에서 굴린다.

완전히 살이 으스러진다는 건 뭘까. R은 또 언젠가의 기억을 떠올린다.

응급실 간이침대, 간호사는 알코올이 묻은 헝겊을 꾹꾹 눌러 문지르고.

R의 R의 짧은 비명을 기억해낸다.

사고는 왜 이유를 찾게 만들고.

왜 사고는 사람을 초라하게 만들까.

R은 창가에 앉아 커피를 마시기 시작한다.

찬 커피를 들이켜자 발목이 시큰거린다.

발목을 돌려볼 수 있을까.

R은 발목을 돌리지 못한다.

R은 발목을 움직인다는 생각만으로도 숨이 막힌다.

R의 굳은 발목이 계속 굳어 있다.

R은 홀 저 멀리 구석에 앉아 있는 여자의 뒤통수를 본다.

저 여자 목뒤에 점이 있을지도.

R은 자리에서 일어나 여자에게 다가가지는 않는다.

R은 같은 자리에 머무른다.

R은 아내를 떠올린다.

우리의 미래. 미래의 우리.

언젠가 R은 미래를 이야기했었다.

말 같지도 않은 소리 하지 마세요. 아내의 웃음소리가 들리는 것 같다.

깊고도 가까운 곳에서 까르르, 하는 웃음소리가 들려온다.

이 카페 계산대에 서 있던 여종업원의 목소리다. R은 확신하고. 발목에 날카롭게 파고드는 통증이 느껴졌을 때 이건 처음 겪는 아픔이라고, R은 또 확신한다.

R은 더 집중한다. 발목에, 직원의 속삭임에.

이 카페에 직원은 하나였던가.

하나만은 아니었다.

둘 이상의. 어쩌면 넷. 그러나 수가 중요한 것은 아니다.

잘 들리지 않는 발음, 소리뿐인 말, 뜻 없이 불

현듯 스치는 장면.

음악 소리보다 여직원의 웃음소리가 크게 들려오고.

왜 웃는 걸까. 내 걸음걸이가 우스웠나.

R은 쉽게 답을 내리려 한다.

우습자면 걸음걸이뿐이겠는가.

R은 눈을 감고, 감은 눈 안에 자기를 떠올린다.

그는 R과 같은 수많은 R을 상상한다.

그는 그와 아주 똑같은 R을 상상할 수는 없다.

언제나 R은 R에게서 이미 지나쳐 너무나 먼 것이었다.

카페는 계속 밝았다.

밖은 어떠한가.

아직 계속 겨울인가.

바람이 불고 있는가.

R은 고개를 돌려 창밖을 내려다본다. 파란 하늘.

유리 밖 공중에서 만국기에 달린 은박지가 반짝거렸다.

R은 이미 다 본 장면 같다.

거세게 불어닥칠 바람과 공중에서 끊어질 얇은

줄,

그 아래를 멈칫거리며 걷는 노인을.

얇은 줄에 목이 휘감겨 버둥거리는 R과.

카페 의자에 앉은 R이 길바닥에 드러누운 R을 내려다보고.

R보다 더 많은 R이 거리를 배회한다.

그 어떤 R도 사라지지 않는다.

카페 안에 흐르던 캐럴이 끝이 난다.

크리스마스는 오래전부터 반복해서 끝이 났다.

크리스마스와 크리스마스가 지나 다시 크리스마스 뒤에 영원히 시작되지 않을 크리스마스가 있다.

R은 방금 끝난 캐럴을 흥얼거려본다.

R의 허밍이 카페 안에 흐르고, 카페의 모두 R을 본다.

R은 눈을 감고,
감은 눈 안에 자기를 떠올린다.

그는 R과 같은
수많은 R을 상상한다.

그는 그와 아주 똑같은
R을 상상할 수는 없다.

언제나 R은 R에게서
이미 지나쳐 너무나 먼 것이었다.

23

러브이즈곤. 그런 노래 가사가 흐르던 공간.

공간은 충분히 따듯했다.

밖은 어떠한가.

밖은 계속 눈이 내리고 있었다.

아직 겨울인가.

오랫동안 겨울이었고, 크리스마스는 단 한 번이었다.

선물 상자는 정육면체였다. 손바닥 안에 들어오는 것.

R은 그것을 아내에게 건넬 생각이었다.

내 아내가 되어줄래?

R은 그렇게 묻지는 않을 것이다.

내 아이의 엄마가 되어줄래?

R은 그렇게 묻지는 않을 것이다.

내 엄마가 되어줄래?

R은 그렇게 묻지는 않을 것이다.

내 신발이 되어줄래?

R은 그렇게 묻지는 않을 것이다.

내 무릎이나 겨드랑이가 되어줄 수 있겠니?

R은 그렇게 묻는 게 나을 것 같기도 하다는 생각이 들고.

내 목뒤의 점이 되어줄래?

R은 그것도 좋다.

내 뭐가 되어줄래?

R은 그렇게 물을 것인가?

내가 되어줄래?

R은 그게 무슨 뜻인지 모른다.

질문은 충분했는가? R은 스스로에게 묻는다.

R은 은색 홀로그램 포장지를 내려다보고 매만진다.

손안의 선물 상자는 세상에 없는 것 같은 알 수 없는 빛이 흐르고.

R은 그 안에 있는 걸 상상한다.

R은 그 안에 뭐가 들어 있는지 알면서 상상한다.

자꾸 안에 있는 게 달라진다.

R은 러브이즈곤을 입안에서 굴린다.

우우. 우우. 우우. R은 이런 허밍도 가능하다.

R은 아내가 되어줄 수도, 아내가 아닌 그저 아는 여자로 남을 수도 있는 그런 여자를 기다리고 있는 중이고, 공간은 충분히 따듯하지만 점점 건조해진다. 정면에서 불어오는 히터 바람에 두 눈이 시리고 뻑뻑해진다. 허기진다. 왜 아직 안 와. R은 옆에 난 큰 창을 내다본다. 아무도, 아무것도 지나가지 않는다. 멈춘 화면처럼 진공 같은 유리 밖. 눈도 비도 여자도 새도 없는 큰 창 밖은 조금도 환해지지 않고 조금도 어두워지지 않는다. 언제부터 음악이 흐르지 않았던가. R은 천장 구석을 쳐다본다. 저기 스피커가 있었는데. 아아. 그건 너무나 오래전 일인가. 요즘 누가 커다란 스피커

를 천장에 달아. 소형화를 거듭한 스피커가 이 공간 어딘가 숨어 있을 것이라고 R은 생각한다. R은 고개 돌려 내부를 살핀다.

24

나에게는 믿지 못할 능력이 있어. 말해도 아마 믿지 못할 거야. 만약에 믿는다고 약속하면 내 능력이 뭔지 말해줄게. R은 선물 상자를 자기 허벅지 위에 올려놓고 있다. 그걸 여자에게 건네지도, 보이지도 않았다.

당신 능력이 뭔데요? 맞은편에 앉은 여자가 눈을 동그랗게 뜬다.

R은 여자의 눈이 특별하다고 생각한다.

R은 여자의 눈에서 눈을 뗄 수가 없다.

여자는 R의 눈 맞춤을 한 번도 피한 적 없다.

둘의 눈 맞춤은 십요하다.

서로에게 무엇도 바라지 않는 사람들처럼 마주 보고 앉아.

내가 바라는 건 절대 이루어지지 않아. 그러니까 결국 이루어져. 원하는 반대로 이루어지는 거지. 정확히 내가 바라는 것과 반대로. R이 여자에게 상체를 기울이고 말한다.

여자가 웃는다.

안 믿나 보네. R이 말한다.

믿어요. 여자가 믿는다고 말한다.

그래? 고마워. R은 여자가 진심으로 고맙다.

당신이 내 불행을 빌어주면 나는 행복해지는 건가요? 여자가 R에게 묻는다.

R은 거기까지는 모른다고 대답한다.

R은 남의 행복이나 불행까지 관심 가져본 적 없다.

하지만 넌 곧 남이 아니게 될 여자이기도 하지.

R은 테이블 위로 은색 홀로그램 포장지에 싸인 작은 상자를 올려놓는다.

이게 뭐예요? 여자가 이게 뭐냐고 묻는다.

R은 그게 뭔지 알고 있지만 뭐라 대답하지 않는다.

이제 R은 그 안에 담긴 의미를 알 수 없다.

R은 그저 호기심이었는지도 모르겠다고 생각한다.

그런 선물 상자를 준비한 것,

내밀기 전에 긴장하는 것.

반응을 살피는 것.

R이 한번쯤 해보고 싶었던 것이다.

뭔지 보면 알겠지. R은 그렇게 대답한다.

여자는 홀로그램을 거침없이 뜯는다.

R은 그 광경을 지켜보고.

예뻐요. 여자가 예쁘다고 말한다.

R이 뭐라 말해야 할 차례가 오고.

R은 여자에게, 내 아내, 내 아이의 엄마, 내 엄마, 내 신발, 내 무릎이나 겨드랑이, 내 목뒤의 점이 되어달라 말하지 않는다.

R은 여자에게, 맛있는 거 먹으러 갈까? 묻는다.

여자는 좋다고 대답한다.

뭘 먹을지 정하고 나가자. R은 새로운 고민을

시식하고.

그런데 이 카페는 왜 노래가 나오지 않죠? 여자가 묻는다.

여자는 고개 들어 천장 구석을 살피고 스피커를 찾는다.

이제 천장에 스피커를 다는 시대는 지났어. R이 말한다.

맞아요. 다 지나갔어요. 여자가 말한다.

R과 여자는 카페의 전면 유리를 내다보고 밖은 겨울이다.

언 바닥 위에 눈이 가볍게 떨어지고 있다.

둘은 곧 어깨와 머리, 뺨에 눈을 맞으며 거리를 걷는다.

25

베란다 밖의 하늘은 검게 멈춰 있다.

바람을 느끼고 싶은 R은 누운 자리에서 일어나 소파를 지난다.

R은 베란다 난간을 붙잡고 선다.

약간 위를 올려다보고, 약간 아래를 내려다본다.

위도 아래도 너무 멀다.

의지해 붙잡고 있는 난간이야말로 넘지 말아야 할 선.

R에게 선을 넘지 말라고 말한 사람은 없다.

바람은 R의 귀에까지 오지 않는다.

R은 어떤 소리도 소식도 들을 수 없다.

12시 19분. R은 시간을 확인하고.

12월 19일, R은 아직 L의 기일을 기억한다.

R은 12시 19분보다 4시 44분이 더 신경 쓰인다.

R은 44시 4분이나 44시 44분을 떠올리고.

R은 안전하다고 생각되는 곳으로 몸을 피하기로 한다.

R은 난간에서 손을 떼고 시선을 뗀다.

밖으로부터 등을 돌린다.

시야에서 위, 아래가 사라지고 R은 안도한다.

거실에 불을 켜야 할까. R은 잠깐 고민한다.

R은 불을 켜지 않아도 거실의 모든 집기를 구분할 수 있지만.

R은 벽을 향해 걷는다.

벽을 더듬는다.

R이 짚는 스위치마다 온전하지 않다.

벽으로 움푹 들어가거나 비뚤어진 스위치.

R은 아무것도 누를 수 없다.

아아. 내가 부쉈지. 화가 나서.

R은 자기 기억에 너그러워지기도 한다.

R은 왜 벽에 주먹질을 할 만큼 화가 났던가?

핸드폰을 쥔 손으로, 핸드폰으로, 손으로, 벽을 치고.

가벽이 움푹움푹 들어갔다. 완전히 부서지지는 않는다.

R은 거실보다 좀 더 어두운 방으로 들어간다.

R은 추운 사람처럼 팔짱을 끼고 방 안을 걷는다.

R은 방 안 어디에서 멈춰야 할지 고민한다.

R이 걷고 걸어도 방 안의 풍경이 달라지지 않는다.

R은 장롱 앞에 선다. 열어젖히면 뭐가 나올까.

R은 장롱을 열어본다. 나무문 열리는 소리가 난다.

R은 장롱 안에 걸려 있는 것들을 본다.

나란히 일렬. 가끔 밝은 게 눈에 띄고,

다른 것들은 하나같이 처박혀 있다.

R은 재킷을 하나 꺼내 몸에 걸쳐본다. 몸보다 크다는 생각.

이 재킷이 원래 카키색이었던가.

불을 켜고 보면 갈색이나 선명한 빨간색일지도.

R은 재킷 왼쪽 주머니에 손을 넣어본다.

만져지는 뭔가. R은 꺼내본다.

R은 주머니에서 꺼낸 엽서 크기의 편지 봉투를 연다.

R은 침대 모퉁이에 앉아 읽기 시작한다.

여보. 난 이제 쉽게 가려고 해요. 쉬운 길로만 갈 거예요. 내가 당신하고 굳이 신경전 해서 얻는 게 없더라고요. 그렇죠? 당신은 어때요? 혹시 나 혼자만 신경전이라고 생각하고 있는 건가요? 솔직히 말해줘요. 뭐든지 솔직한 게 좋아요. 난 언제나 당신한테 솔직했어요. 어젯밤에 당신이 흥얼거리는 걸 들었어요. 당신한테서 그런 콧노래를 듣는 게 처음이어서 얼마나 놀랐는지 몰라요. 그런 취미가 있었어요? 당신은 유난히 턱이 크고 갈라지고 또 조금 찌그러지기도 했잖아요. 거기에는 낮고 뭉툭한 소리만 고여 있을 거라 생각했어요. 내가 얼마나 당신에 대해서 모르는지, 어제 욕실에서 들려오는 당신 콧노래를 들으면서 한 번 더 멍해졌어요. 난 정말 당신을 원망하지 않아요. 당신이 그걸 알았으면 좋겠어요. 우리가 서로 실수하는 동안에도 시간은 가고. 마냥 원망감이 사라지기를 기다리면서 시간을 흘려보낼 수는 없잖아요. 더 늦기 전에 서로 오해를 풀어요. 오해를 푼 다음에는 다시 남처럼 살아도 나쁘지는 않겠죠. 난 당신에 대해서 모르는 게 너무 많지만, 그만큼 아는 것도 많아요. 알고 싶지 않은 것도 알게 되기도 하더군요.

R은 읽던 종이를 두 번 접어 다시 재킷 주머니에 넣는다.

R은 자기 턱을 만진다.

갈라지고 찌그러졌는가.

그런 것 같다고, 생각한다.

내가 콧노래를 불렀던가. 샤워를 하면서?

그랬을 수 있겠지.

어쩌면 다른 부부의, 다른 아내가 쓴 편지를 읽었는지도 모르겠다고, R은 생각한다.

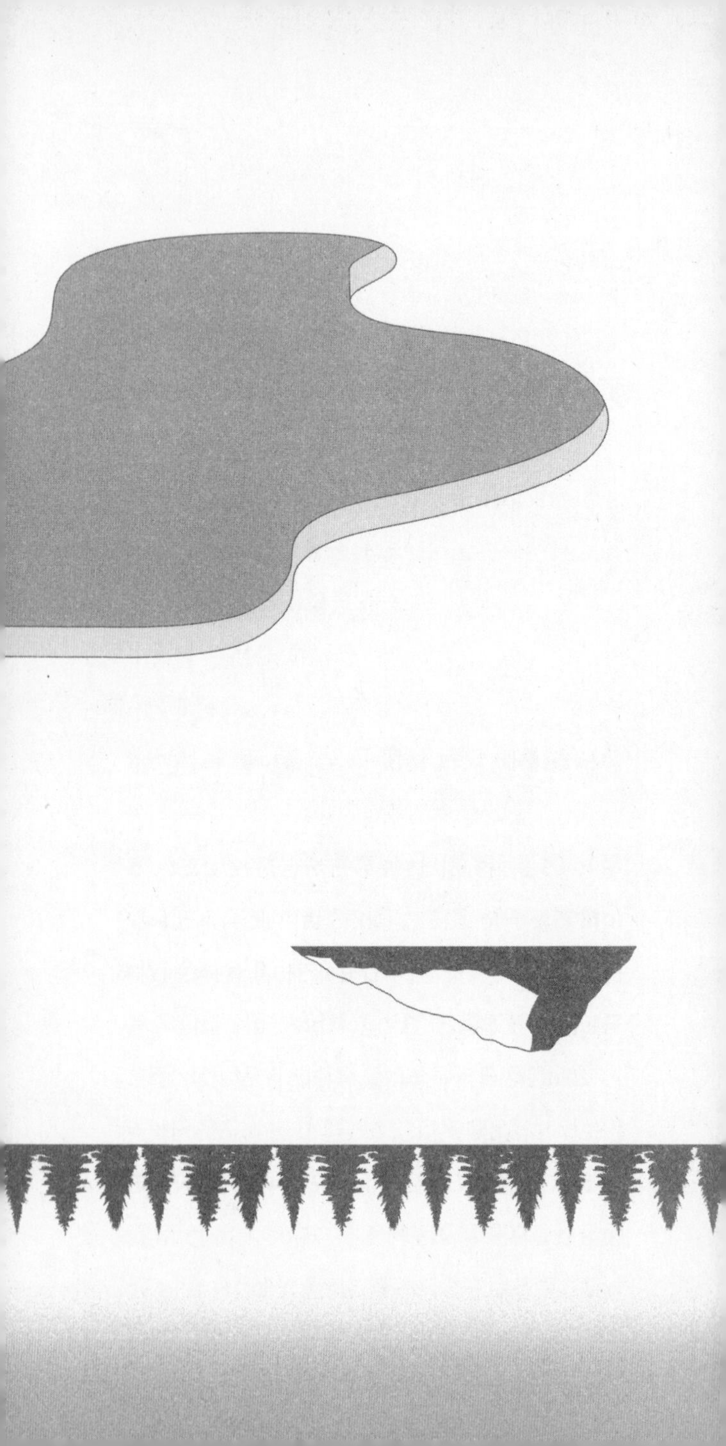

겨울장면 #26-#30

26

팁을 내라고. 말하던 여자.

R은 그 여자를 기억해낸다.

팁을 왜 요구해? 여자에게 물었던가.

내가 줄 때까지 기다려야지. R은 그렇게 말했던가.

R은 갑자기 그 여자의 얼굴이 너무 분명히 떠오른다.

혹시 목뒤에 점 있어? 여자를 돌려 앉혔던 기억.

왜 점에 집착해? 여자가 물었던가.

없어, 가. 여자가 눈을 부릅떴던가.

R은 그날의 기억이 싫다.

그런 기억은 R이 원하지 않는다는 것.

R이 원하건 원하지 않건 상관없이 쏟아지는 말.

그냥 가라고. 나가라고. 야, 내보내.

여자의 턱짓. 여자의 충혈된 눈.

여자에게서는 국화꽃 향이 났다.

R은 여자의 턱이 까딱 가리키는 쪽을 한번 보았던가.

어두운 문이 있었고. 그건 문이 아니라 방음제가 붙은 벽 같았는데.

R이 짙은 녹색 방음제가 붙은 벽 같은 문을 쳐다보는 동안 한 남자가 다가왔던가. R을 일으켜 세웠던가. R은 주춤하며 일어섰던가. 질질 끌렸던가. 그때 R의 재킷 안쪽 주머니에서 손톱깎이가 툭 떨어졌던가. 여자가 그걸 보고 한 번 더 웃었던가.

가지가지야. 진짜. 여자가 그걸 주우며 말했던가.

되게 깔끔한 사람인가 봐. 여자가 그걸 R의 재

킷 안쪽 주머니에 찔러 넣었던가.

R은 잠깐 가슴팍이 아팠던가. 왜.

손톱깎이는 수동이다. 자동기계처럼 저절로 작동되지 않는다. R의 재킷 안쪽에서 그의 가슴팍 살점을 제멋대로 뜯어내지는 않는다. 그럼에도. R은 손톱깎이를 의식한 후 가슴팍이 아파오고 왜.

왜 이런 물건이 들어 있는가.

R은 가슴팍을 움켜쥐고 밖으로 나온다.

거리로 나온 뒤에도 여자의 웃음소리, 국화꽃향, 어두운 촛불, 속삭이는 목소리, 웅성거리는 몇몇의 목소리가 들려오는 것 같다.

R은 좀 취해 있었고. 가슴이 쓰린 것은 역류성 식도염의 영향일 수 있다고, 생각을 정리하려 하지만,

가슴이 아파 왜.

R은 걸었다.

흉통이란 게 마음이 꼭 거기에 있어서 시작되는 건 아닐 테고.

누구에게나 마음이 있다는 것은 큰 착각.

R은 고개를 젓는다.

R의 가슴팍에서 손톱 조각같이 작은 살점이 뚝뚝 떨어진다.

R의 손톱깎이는 R만의 자동기계.

R은 자동자판기처럼 거리 구석에 서서 멈춘다.

R이 다시 움직인 것은 허기 탓이다.

뭐라도 먹고 싶다는 생각. 왜.

아직도 R은 허기를 느끼는가.

왜.

입에 또 뭘 처넣겠다고 걷는가. 왜.

가슴팍에 더 이상 떨어질 살점도 없는 R은 걷는다.

상가마다 불을 껐고, 하늘은 구름 없이도 달이 보이지 않는다.

R은 붙들렸던 왼쪽 팔, 어깻죽지가 뻐근하다.

R은 왼쪽 팔을 들어 크게 한 바퀴 돌려보고, 왼쪽 가슴팍의 손톱깎이가 다시 작동된다. 사실 R에게는 손톱깎이와 관련된 환상은 필요 없다.

그때 R에게 필요한 것은 잔치국수 한 그릇.

R은 상사와 L과 이미 많이 마신 후였고, 그들과 헤어진 후에도 편의점과 바를 전전하며 더 마신

누구에게나 마음이 있다는 것은

큰 착각.

R은 고개를 젓는다.

R의 가슴팍에서

손톱 조각같이 작은 살점이

뚝

뚝

떨어진다.

후였다. 마시고 마셨는데 왜 배가 고플까. R은 기억에 없지만 두 번 토했다.

비틀렸다. R은 자기 팔을 거칠게 잡은 남자를 기억해내고.

그 남자 얼굴이 익숙한 것도 같다.

내 아내 목뒤의 점을 아나?

그 남자에게 물었어야 했다는 후회.

왜. 그런 후회는 진심이 아니다.

진심이 아닌 후회가 가능한가?

스스로 작동되는 손톱깎이에 가슴팍 살점을 뚝뚝 떨어뜨리면서 걷고 있다고 생각하는 R은, 그의 생각보다 멀쩡하다. 두 팔 두 다리가 R에게는 달려 있고 길이도 적당하다. 사지가 너무 지나치게 흔들리지도 않는다. 재킷의 각은 살아 있고 얼룩은 없다. R에게는 여자의 국화꽃 향이 배지도 않았다.

재수가 없었던 걸까.

R은 방음제가 붙은 짙은 초록을 다시 떠올린다.

재수가 없었던 것은 그들.

R은 한숨을 내쉰다. 이게 꼭 바카디 향은 아니고, 맥주나 소주 향도 아니다. R은 숨을 멈추고 싶어서 그렇게 한다.

곧 푸. 하고 내쉬는 숨.

R은 오작동하는 분수처럼 푸, 푸, 숨을 뱉고.

R은 자기를 오작동하는 분수라고 상상하지만.

그의 생각보다 R은 사람처럼 보이고.

R은 하루 동안 만난 얼굴들을 하나씩 지운다.

더 선명해지는 국화꽃 향.

뒤를 돌려 앉히기까지 했는데 목뒤에 점이 있는지 없는지 확인하지는 못했다는 걸, R은 깨닫고 실망한다. 한 번 더 여자의 목뒤를 보러 가봐야겠다는 결심. 아니 꼭 그렇게까지 해야 할까 하는 의문.

그렇게까지 해야 한다. 더 할 수도 있다.

이상한 억하심정이 푸, 푸, 분수처럼.

분수는 솟아오르는 것인가. 끝없이 추락하는 것인가.

허공에 물이 멈추는 분수가 가능한가?

R은 멈출 수 없이 걷는다.

거리의 끝에 불을 켠 간판이 나타나고, R은 그곳으로 걸었다.

유리문을 열고 안으로 들어간 R은 내부의 왁자한 소리에 엄두를 내지 못하고 다시 나갈까 하다 계산대 앞에 서서 벽에 적힌 메뉴를 올려다보았다.

고개를 드는 것만으로도 어지러워 쓰러질 것 같았다.

토할 것 같지만 이미 토해서 토할 내용이 없었다.

R이 원한 것은 부드러운 잔치국수였다.

그러나 그가 올려다보는 벽에 그런 단어는 없다.

R은 골뱅이비빔국수를 포장주문하고.

R은 계산대 근처에 서서 옆의 부연 유리창을 쳐다봤다. 열기와 습기로 밖이 보이지 않고, 아무것도 비치지 않아 안도 보이지 않았다. 유리를 보아도 자기가 보이지 않으니. R은 없는 사람 같았다.

R은 시간을 확인했다.

생각보다 이르다는 생각.

아니 생각보다 늦었다는 생각.

4분이 지나면 새벽 5시가 된다.

R은 포장된 골뱅이비빔국수를 받아 들었다.

생각보다 무겁다는 생각.

R은 골뱅이비빔국수가 든 검은 비닐 봉투를 들고 밖으로 나왔다.

밖은 조금도 환해지지 않는다.

생각보다 이르고 늦고 무거운 이 시간에.

이걸 어디에서 먹어야 할까.

그래서 그날 그걸 어디서 먹었는지.

그날 집 밖에서 잤던가.

그날 집으로 들어가 콧노래를 부르며 샤워했는지.

27

우리는 언제 현실에 발을 붙일 수 있을까요? 현실에 발을 붙일 수 있다는 발상은 지극히 인간적인 말로 들리네요. 현실에서 마냥 발을 뗄 수 있는 인간은 없습니다. 공중에 붕 떠 혼자 살 수 있는 사람은 없습니다. 현실은 현실이죠. 리얼이즈저스트리얼. 리얼이즈팩트 아니겠습니까? 하하하하. 팩트이즈팩트는 아니고요? 그렇게 되면 말장난에 불과하죠. 무엇이든 무엇으로부터 무엇에 지나지 않아 무엇도 되지 못하는 무엇에 불과한, 그 현상 혹은 상태를 현실이라고 대답해드리면 만족하시겠습니까? 너무 어려워요. 어렵게 말하시는 재주는 여전하시네요. 재주라고 표현해주시니 감사합니다. 하하하하. 웃음소리가 호탕하신 것도 여전하시고요. 우리가 언제 현실에 발을 붙일 수 있느냐. 제가 정확히 답해드리겠습니다. 문지방에 새끼발가락 찧어보십시오. 아 이게 고의로는 되는 일이 아니지요. 언젠가 한번 그런 일이 생기면 현실을 받아들이세요. 하하하하. 역시 현실은 육체의 한계를 벗어날 수 없다는 말씀이신가요? 아니 육체는 한계가 아닙니다. 육체가 한계라는 생각이 한계겠지요. 하하하하. 저는 하는 생각마다 한계입니다. 하하하하. 육체가 한계라는 생각이 한계다, 이 말씀은 어디서 들어본 것 같은데 은근히 고루한 말씀만 골라하십니다. 하하하하. 저도 선생님처럼 웃어보고 싶은데 이렇게 소리를 내는 것 맞습니까? 하하하하. 그렇게 인위적으로 스타카토 하지 마시고요. 하하하하. 전 그런 소리로 웃지 않습니다. 하하하하. 뜨거운 국물로 목젖까지 데어보시는 것도 현실 인식에 도움이 되겠네요. 하하하하. 기껏 목젖이나 새끼발가락으로만 인식되는 게 현실입니까? 하하하하. 전부터 느꼈는데 아는 건 그다지 없으시고 말은 넘치십니다. 하하하하. 좀 비슷합니까? 웃음소리? 하하하하. 아니요 아니 저는 그렇게 숨넘어가게 웃지 않는다니까요. 하하하하. 지금도 숨넘어가고 계신데요? 하하하하. 현실은 결코 온전하지 못하죠. 차라리 현실은 선생님 웃음소리 같습니다. 많이 비틀어진 것 같고 목에서 시작되는지 가슴팍에서 시작되는지 알 수도 없죠. 하하하하. 동의하겠습니다. 하하하하. 똥창에서 웃음이 시작되는 건 아닙니까? 하하하하. 똥창이라니요. 라이브입니다. 하하하하. 안 되는 말이었습니까? 죄송합니다. 사과하겠습니다. 하하하하. 사과하셔도 이미 늦으셨습니다. 똥창이 금지어인지는 지금 작가님께 확인해보겠습니다. 아. 금지랍니다 금지. 유리 밖에서 팔로 큰 엑스 단호하게 보여주시네요. 하하하하. 아.

라디오 주파수를 맞춰놓은 것은 아내였다.

삶의 일상성과 유일성은 어디에서 확보되는가에 관한 논의.

R이 듣기에 그건 논의가 아니었다.

그게 논의라 정의한 것은 그들이었다.

논의를 시작합니다. R은 그 멘트부터 거슬렸다.

일상성이니 유일성이니 하는 말도 R은 마음에 들지 않았다.

아침부터 이런 걸 들어야 해? R은 신경질을 냈던가.

당신은 정말 내가 알던 사람이 아니네요. 아내가 등 돌리고 고개를 저었던가.

R은 아내의 머리를 잡아 흔들지 못하게 했던가.

R의 양손 안에서 아내의 머리통이 단단하고 뜨거웠던가.

라디오는 네가 사 온 거잖아. R은 목소리를 높였다.

그렇게까지 화가 나요? 아내는 말한 다음 화장실로 들어갔다.

R은 화장실 문이 잠기는 소리를 들었다.

나와봐. R은 소리치고.

R은 핸드폰을 찾아 급히 아내에게 전화를 건다.

아내의 핸드폰은 화장실이나 거실에서 울리지 않는다.

아내의 핸드폰은 꺼져 있다.

아내에게 다섯 번 더 전화를 건다.

전화기 켜. R은 고함치고.

아내의 핸드폰은 켜지지 않는다.

R은 벽에 붙은 화장실 조명 스위치를 주먹으로 쳐부수기 시작한다.

완전히 부서지지 않는다.

사람은 공중에 떠 있기는커녕 핸드폰, 이어폰, 충전기, 콘센트 구멍, 스위치, 센서, 뭐 그 밖에 더 많은 것들에 붙들려 있기 때문에 현실에 발붙이지 못하는 게 아니라 현실에 너무 붙잡혀 있죠. 각자의 현실들이 판이하게 다를 뿐이겠지요. 이제는 개개인이 서로의 현실을 이해하기에는 서로 너무 멀죠. 그 거리가 발밑에 허공처럼 아득하게 느껴질 수는 있겠습니다. 한 공간에 모여 앉아 있다 해도요. 각자 고개 숙이고 집중하고 있는 영상물만 해도, 그 콘텐츠라는 것들이 요즘 얼마나 분야가 무궁무진합니까?

라디오에서 나오는 말소리는 멈추지 않는다.

거실이 웅웅 울린다.

R은 라디오를 찾기 위해서 거실 한가운데로 간다.

R은 라디오를 부숴야 한다고 생각한다.

현실을 직시하기란 쉽지 않습니다. 직시할 수 있느냐 하는 문제는 통증을 줄여준다는 효과적 측면에서도 중요한 문제입니다. 우리 곁의 동료들이 얼마나 시체 같습니까? 그러나 그들은 시체가 아니죠. 알면서도 우리는 멀쩡히 살아 있는 사람들을 시체, 혹은 산송장 같다 표현하고는 합니다. 죽어보기 전에도 우리는 얼마든지 죽음을 상상할 수 있습니다. 다만 이제 너도나도 할 것 없이 다 같이 경솔한 시대입니다. 한 번쯤 총 맞아본 것처럼, 그리고 그게 추억인 것마냥 총 맞은 것 같다는 표현에 서슴없죠. 총 쏘는 게 총 맞는 것만큼 어려울 수 있고, 실제로 지금 이 시간에도 피 흘리는 아이들이 있는데. 아. 모르겠습니다. 저도 지금 굉장히 쉽게 말이 나옵니다. 하하하하. 그러니까 제 말은 작금의 현실이란 게 굉장히 작위적이죠. 네. 그렇죠. 현실이 작위적이란 선생님 말씀에 동의합니다. 그런데 선생님. 여전히 선생님 말씀은 어딘가 모르게 표면적입니다. 하하하하. 듣는 내내 겉핥기라는 느낌을 지울 수가 없어요. 어디서 들어본 이야기 같고요. 하하하하. 선생님 저희가 어렵게 모셨는데, 새로운 이야기 좀 해주시길 바랍니다. 하하하하. 새로

움에 관해서라면 한 번 더 출연해야 할 것 같은데. 새로움은 말하는 자의 몫보다 듣는 자의 몫입니다. 그러니 우리 진행자님 목 위에 아직 귀가 달려 있으시다면 하하하하. 새롭게 알아들으셔야 하하하하. 알아서 알아들으셔야 하하하하.

거실 안에 웃음소리가 쩌렁쩌렁하게 울린다.

R은 목소리를 부숴야 한다고 생각한다.

파편이 튀도록.

R은 성큼성큼 걸어 거실을 샅샅이 살핀다.

R이 라디오를 부술 생각으로 거실을 헤매는 동안 화장실 안에서는 어떤 소리도 새어 나오지 않는다. 아내가 저 안으로 들어간 게 맞는가.

R은 멈춰 서서 불 꺼진 화장실 안의 아내를 상상한다.

변기 뚜껑을 내리고 거기 앉아 있으려나. 혹시 아내가 웃는 얼굴일지도 모르겠다고, R은 생각한다. 입을 틀어막고 터져 나오는 웃음을 참고 있을지도 모르지.

R은 라디오가 아니라 화장실 문을 부숴야 한다

고 생각한다.

R은 이미 생채기가 생긴 손을 내려다본다.

부숴야 한다는 생각은 움켜쥐게 하고.

R은 천천히 주먹을 쥐었다 편다.

두 손, 열 손가락이 부어 있다.

내 것이 아닌 것 같다고, R은 생각한다.

죄가 없는데도 죄인이 되는 사람들이 있어요. 도망가는 사람들이에요. 도망자는 자유를 꿈꾸지만 결국엔 숨어서 자기검열을 시작한다고 해요. 그 후로는 죄의식으로만 산대요. 죄의식만큼 인간다운 게 없다고 해요. 얼음호수에 나타난 아내가 말했다. R은 뚫린 물구멍을 향해 몸을 기울이고 앉아 있었다. R은 그 투명한 물에 얼굴을 담그고 싶었다. 숨이 막히게 차갑겠지. 물속에서 눈을 뜨고, 눈을 헹구고 싶다고, R은 생각했다. R은 물속에서 들려오는 아내의 목소리를 상상했다. 뜻 없이 무겁게 뭉개지는 소리가 R의 머리 위에서 들려오고. R은 아예 거꾸로 처박히지는 못할 것이다. R의 최선은 멈춰 있는 것이었다. 우리는 불행하지 않아요. 그의 아내가 말하고. R은 여전히 물 구멍에 얼굴을 담그지 못했다. R의 아내가 친절히 그의 뒤통수를 밀어줄 수도 있겠지만. 어쩌면 R이 바라는 것은 그것이었다. 우리는 아무렇지 않아요. 아내가 말했다. 우리는 왜 같이 살지? R이 아내에게 말했을 때 그의 목소리는 물속에서 말하는 것처럼 뜻을 알 수 없이 무겁게 뭉개져 밑으로, 더 밑으로 가라앉았다. 아무도 그 소리를 찾을 수 없게 되었다. 이제 그만 가요. 상처받지도 않았잖아요. 아내가 말했다. 상처받지 않았어. 난 화가 났어. R이 말했다.

라디오에서 흐르는 목소리는 R은 모르는 것이다.

R은 끊임없이 들려오는 말소리로부터 벗어나고 싶다.

R은 라디오를 부숴야 하고.

기어이 거실을 적막으로 만들어야 한다.

그러나 R은 라디오를 찾을 수 없다.

표면 어디에도 라디오는 얹혀 있지 않다.

표면에는 R뿐이다.

거실 한가운데 서서, R은 화장실 문을 찾을 수 없다.

두드릴 수 없고, 귀를 대고 소리를 들을 수 없다.

상상할 수 없다.

28

사람들이 호수 둘레에 서서 하는 마지막 결심.
그건 결심이 아니다.
어떤 마음도 아니다.
다 지나간 후, 이미 끝난 것이다.
끝난 것을 끝내려는 것이다.
소리가 남고, 가라앉는 것은 물뿐이다.

R은 호수의 아름다움을 기억한다.
아름다움은 두 귀에서 시작된다.
R은 얼음 바닥에서 뒤로 넘어져 그 자리에 누

사람들이 호수 둘레에 서서 하는
마지막 결심.

그건 결심이 아니다.

어떤 마음도 아니다.

다 지나간 후, 이미 끝난 것이다.

끝난 것을 끝내려는 것이다.

소리가 남고,
가라앉는 것은 물뿐이다.

워 있다는 걸 알면서도 물속에 있는 것 같다는 생각을 한다. 빈 병처럼, 물결 위에서 물결처럼 일렁이고 있다는 생각. 매끄러운 물은 R을 방해하지 않는다. 두 귀가 반쯤 물에 잠겨 아득하다고, R은 생각한다. 멀리서 가끔 새가 운다. R은 찬 공기를 얄게 마신다. 언젠가 겨울에 보았던 흰 새를 떠올린다. 큰 새보다 더 큰 새가 R의 머리 위에서 운다. 어떤 새도 R과 눈을 마주치지는 않는다. R은 눈을 감고 있다. 눈을 감아도 눈이 부시고, 호수의 한낮은 일말의 그늘도 없다. 멀리 호수 입구 매점에 불이 켜지는 소리. R은 그 소리를 생생히 듣는다.

호수 입구 매점에 불이 켜지고, 창이 열리고 환기가 시작된다. 스키바지를 입은 남자가 활짝 연 창으로 얼굴을 내민다. 먼 호수를 본다. 언 바닥 위에 검은 점퍼를 발견하고, 버려져 있다고 생각한다.

스키바지를 입은 남자는 얼음호수 가운데로 나아간다. 남자는 곧 언 바닥에서 검정 점퍼를 줍는다. 검정 점퍼 앞에 아직 다 얼지 않은 물 구멍이 하나 있다. 그 물 구멍에 누군가 얼굴을 집어넣었다 뺀 것처럼, 몸이 잘린 그림자가 드리워져 있다. 그림자는 물보다 어둡게 물 위에서 흔들리고.

아무도 나를 볼 수 없을 것이라는 착각.

이제 내려와요.

R은 멀리서 들려오는 아내의 목소리를 듣는다.

29

사람을 부르지 그래요? 아내가 R을 올려다보며 말했다.

사람을 부르면 해결되는 줄 알아? R이 사다리 위에 서서 아래를 내려다보며 말했다.

R은 그 어떤 사람도 부르고 싶지 않다.

R은 그 어떤 사람보다도 자신이 있다.

천장 안에 들어가 어디서부터 잘못됐는지 눈으로 확인해볼 수 있고.

확신할 수 있다. 그때 사람을 불러도 늦지 않다.

처음부터 사람을 부르는 건,

처음 본 그 사람을 믿겠다는 것.

R은 믿지 않는다. 그 누구도. 왜.

R의 단지 오랜 습관. 왜.

R은 지쳐서 누군가 더 믿기를 포기한 지 오래다.

왜. R은 지쳤던가?

R은 언제부터였는지 기억하지 않는다.

R은 R에게 지쳤다.

매순간 R은 R을 버리지 못한다.

30

천장 속은 입이 벌어질 정도로 신비롭지는 않다.

R은 몸을 앞으로 기울이고 조금씩 걷는다.

왜. 긴장이 되는지.

R은 긴장감에 설레기도 한다.

왜.

설렘은 또 다른 착란. 오만.

R은 자신 있다.

원인을 찾을 수 있다는 자신감.

실마리를, 이유를 찾아 설명하게 되리라는 확신.

너무 장황하지는 말아야 한다.

심플하게 아내에게 말해보자.

천장 안에서 발걸음을 옮기던 R은 한순간 뒤로 미끄러진다.

넘어지는 순간 쿵 하는 큰 진동을 느낀다.

무슨 일이에요? 밑에서 목소리가 들려온다.

R은 뭐라 대답한다.

R은 R이 하는 대답을 들을 수 없다.

R은 R의 대답의 뜻을 모르고.

아내는 지금 웃고 있는가, 하는 생각.

R은 밑을 볼 수 없다.

왜. 언제부터.

밑에서 빛이 들어오지 않는다.

지금 천장은 봉해졌는가?

그럴 수도 있겠다고, R은 생각한다.

벽지나 다른 마감재가 천장에 새롭게 발렸을지도.

R은 처음 보는 천장을 상상한다.

R은 바닥이 차갑다고 느낀다. 얼음처럼.

R은 누운 자리에서 보이는 것을 본다.

천장 안에 들어왔는데. 누운 자리에서 또 천장

이 보이고.

저 어두운 윤곽이 네모는 아니라고, R은 생각한다.

모서리에서 모서리로, R은 뜬 눈으로 눈알을 굴린다.

저 천장 안에 뭐가 가득할 것 같다.

천장 안에 빛이 있다면.

빛이 없을 리는 없다.

빛 없고, 보는 눈 없이,

허공에 붕 떠 있는 오로지 혼자인 색.

R은 붉거나 푸른 것을 떠올리고.

R의 입안에는 아직 침이 돈다.

내일은 뭘 좀 먹어야겠다고, R은 생각한다.

R은 아직 내일에 대한 생각이 가능하다.

가능성, 입안에서 가능성을 굴리면 침이 돌고.

가능성, 발음한 다음 R은 혀로 앞니의 바깥쪽, 앞니의 안쪽을 차례대로 훑는다.

입안에 고인 침을 삼킨다.

쓰고 맵다.

매운 침은 처음이다.

미지근하고 찝찔하고 비린. 톡 쏘는 뭔가.

눈의 안쪽에서 흐르는가. 목구멍으로 넘어온다.

코끝이 시리고. 발목이 불편하다는 생각.

R은 발목에 힘을 줄 수가 없다.

잘린 걸까. 지금 내 발목은 어디에.

R은 왼쪽 발목에 손을 가져다 대고 더듬어본다.

차갑고 딱딱하고. 바닥을 짚어보는 것과 별반 다르지 않은 느낌이다.

저 위에 발 잘린 벌레들이 우글우글할 것 같은데.

R은 천장 안이 다 보인다는 착각이 들기도 한다.

R은 자리에서 일어나 또 다른 천장으로 들어가고 싶다.

그런데 왜 아직 창이 밝지 않는 것일까.

창 없이도 스며드는 소리,

도로를 지나는 차와 바람의 소리, 바람 소리같이 희미한 캐럴이 들려온다.

밖은 아직 겨울일까. R은 생각한다.

어쩌면 눈이 내리고 있을지도.

비 같은 작은 눈이 사선으로 흩날리겠지. 그걸 비추는 가로등.

언젠가 본 장면이 떠오른다.

언젠가의 또 다른 장면이 또 떠오른다.

연쇄적으로 언젠가. 매번 같은 가로등.

여보. 멀리서 아내의 소리가 들려오고.

R은 목소리가 들리는 쪽으로 고개를 돌린다.

위험하지 않겠어요? 멀리서 R에게 묻는다.

바람이 그의 뺨을 간질인다. 뺨을 간질이는 것은 그의 침인지도 모른다. R은 언제부터 입을 벌리고 침을 흘렸던가. 바닥에 R의 침이 고이고 있는가.

위험하지 않겠냐고 묻는 목소리에 R은 답하고 싶다.

전혀. R은 입을 뻥끗거린다.

입 밖으로 자꾸 혀가 빠진다.

R은 혀를 덜렁거리며 호수 둘레를 오래 걷는다.

걷는 내내 해가 밝다.

손에 쥔 핸드폰에서 진동이 시작된다.

그럼 우리는 언제 만나? R이 아내에게 묻는다.

모르겠어요. 저는 일단 다음 주에…… 아내의 대답이 길어진다.

준비는 잘되고 있나요? 아내가 R에게 묻는다.

모르겠어. 나는 일단 하는 데까지는 해보려는…… R의 대답이 늘어지고 해가 언제부터 이렇게 길었던가. 겨울은 끝이 났던가. R은 핸드폰을 귀에서 떼지 않은 채 하늘을 올려다본다.

다 잘될 거예요. 아내가 말한다.

그렇지. 안 될 이유가 없지. R은 해를 쳐다보고.

위험하지 않겠어요? 아내가 묻는다.

아아. 아직 끊지 않았어? 해를 오래 쳐다봐 눈이 먼 R이 말한다.

끊지 않을 거예요. 아내가 말한다.

언제까지?

당신 혀가 해에 타들어갈 때까지요.

아직 아무것도 타지 않았어. 이제 앞이 안 보이기는 해.

그게 시작이에요.

정말 그럴까?

사람들이 제가 들어간 화장실 문을 몇 번을 열었다 닫았다 했어요. 이게 다 당신 탓이라고 생각해요. 못 알아듣겠다면 당신 스스로에게 물어봐요. 양심에 손을 얹고. 그게 최선이었나요?

R은 대답할 수 없다.

R은 고개 들어 해를 향해 입을 벌리고 서서 혀가 타들어가기를 기다리고 있다.

R이 밟고 있는 자리의 얼음이 천천히 녹는다.

당신은 잘못 생각하고 있어요. 더 결정적인 걸 생각하세요. 더 완전한 거요. 누구라도 납득할 수 있는 그런 이유요.

R은 침이 마른 혀를 입속으로 다시 넣는다.

계속 시도하는 것 지겹지 않나요?

R은 빽빽한 혀를 입천장에 비벼 녹인다.

쓰고 진득한 맛이 난다.

앞이 보이지 않는 R은 발바닥으로 언 바닥을 더듬는다.

누울 자리를 보고 넘어질 건가요? 당신이 하는 변명은 대놓고 기만이에요. 그러지 말고 그냥 확.

아내가 전화를 끊는다.

아니. 통화를 끝낸 것은 R인가.

R은 핸드폰을 바닥으로 집어던지고 파편이 튀어 오른다.

유리와 금속 조각이 이미 먼 R의 눈을 찌른다.

눈앞이 시리다. 눈에서 뭐가 흐르는지 R은 알 수 없다.

R은 가장 깊은 바닥이라고 생각되는 곳으로 몸을 던진다.

그는 그가 누운 자리를 기억하지 않는다.

8개월 전 R은 허공을 밟는 능력이 생겨 추락하는 일은 벌어지지 않았다.

어디로든 뚝 떨어지고 싶은 그에게 일행은 필요 없었다.

R은 붕 뜬 그 자리에서 계속 맨정신이었다.

자기의 것이라고는 아무것도 보이지 않았다.

R은 붕 뜬 그 자리에서 계속
맨정신이었다.

자기의 것이라고는
아무것도 보이지 않았다.

몇 하루

에세이

점심

갈매기들은 북쪽을 보고 있다.

북동쪽일수도 있다.

다들 바다는 옆에 두고 쉬고 있는 것 같다.

파도 온다. 갈매기 조심해.

그렇게 말한 사람은 28개월이다.

갈매기는 조심하지 않아도 돼. 날 수 있어.

그렇게 말한 사람은 456개월. 혹은 465개월.

개월 수에 연연해? 연연하지 않는다.

그냥. 그냥 생각을 해보는 거야.

생각은 끝이 없기를 바라니까.

좀 피곤한 날에는 좀 더 많이 자면 된다.

그래도 혓바늘이 다 안 들어간다면 비타민C, 아연을 먹고. 그러고도 뭔가 더 걱정된다면 구충제를 먹어본다. 아니. 아직도 해결되지 않는 뭔가. 유산균을 먹는다. 다른 두 제약회사 것을 함께. 한 번에. 바다에 갈 때도 영양제를 챙기자. 바다에서도 피곤하면 안 되잖아. 영양제가 차에서 상하지 않을까. 아이스박스에 넣자. 바다 근처 숙소에 도착하면 거기 냉장고에 옮겨주자. 영양제는 영양제인 동안 내내 쾌적할 거야.

저녁

저녁이 되자 불안하지 않느냐는 질문을 받게 된다.

내가 왜 불안해야 하지? 그렇게 되묻지는 않는다.

아직 소설의 제목을 붙이지 않았다. 소설이라고 불러야 할지, 이 글이라고 불러야 할지, 이 미친, 이라고 불러야 할지. 나는 이제 너를 모르겠어. 프린트해놓은 이 소설 이 글 이 미친을 내려다본다. 눈에 들어오지도 않아 못 읽겠어. 저리 가줄래? 그래 너는 발이 없지. 내가 옮겨줄게. 나는 이

프린트물을 들고 걷는다. 책장으로. 책장에는 이미 너무 많은 게 있다. 책장은 무거워서 통째로 옮길 수도 없다. 바퀴 달린 책장을 샀어야 했을까.

정미시간이라는 게 있어. 네트타임. 그런 말도 듣게 된다.

나는 검색창에 정미시간을 검색해본다.

이런 말은 어디서 배웠어?

학교 다닐 때 다 배우는 거라고.

난 안 배웠는데. 소설 제목을 정미시간으로 할까?

음. 소설과 어울리는 제목이어야겠지.

이 소설은 제목 없는 모습이 더 어울리는 것 같기도 한데.

제목 없는 소설의 의미는 뭐지?

뭐긴 뭘까. 이 미친 프린트물이 되는 거겠지.

손에 쥐어지는 종이 뭉치, 질감, 무게,

나는 내게서 빠져나간 뭔가 들고 서서.

정미시간보다 더 좋은 시간은 없을까, 생각해본다.

쉬는 시간.

쉬는 시간에는 웃거나 울거나 둘 중에 하나만 하면 된다.

나는 쉬고 싶을 때 행갈이를 한다.

이건 내 글쓰기에 대한 비밀 아닌 비밀이지만.

비밀이 별게 아니니까 하는 말이다.

글을 쓰다 엔터를 치면 행복해지는 걸까?

과연 정말 그럴까? 생각해보면.

그렇다. 나는 단순한 사람이다.

잘 체하지도 않고.

체기가 내려가면 금방 또 배가 고파진다.

그래서 바로 뭐라도 먹는다.

꾸역꾸역 해가 뜬다. 바다 위로.

해가 뜨면 귀뚜라미가 좀 덜 우는 것 같다.

귀뚜라미가 우니까 가을이겠지.

귀뚜라미는 뚜뚜 울지 않고 치치 울지 않고.

귀뚜라미는 밖에서 울지 않는다.

창을 닫으면 파도 소리가 멀어지고 귀뚜라미 우는 소리가 더 크게 들린다.

이 방에 사는 것 같은데 눈에 보이지는 않는다.

천장이나 벽 속에 사는 것 같다.

갑자기 귀뚜라미 우는 소리가 사라지면.

가을이 끝난 것.

더 많은 과거를 만들기 위해서.

행갈이를 더 많이 하고.

앞 문장은 과거가 된다는 것, 이건 나를 위한 속임수다.

앞 문장은 과거다. 이건 사실이다.

사실은 누구도 모르는 것이다.

아무도 모르게 달이 더 높아진다.

달이 있던 자리에 별이 와 있다.

달도 별도 멀리 있다.

멀리. 사무쳐서 벚꽃 길 끝에서 자꾸 뒤돌아본 기억.

저녁

글을 쓸 때는 더 많은 위로가 필요하다.

글을 쓸 때 더 많은 양해를 구한다.

글을 쓸 때 자주 냉동고에 얼음을 얼리고.

글을 쓸 때 얼음호수가 필요하다.

글을 쓸 때 다채로운 모습의 해변이 필요하다.

글을 쓸 때 또 다른 창이 필요하다.

글을 쓸 때 또 다른 창을 내다보는 또 다른 내 눈이 필요하고, 물론 또 다른 눈을 달고 있을 또 다른 나의 머리통이 필요하다.

글을 쓸 때 열 손가락을 다 쓰는 것은 아니다.

글을 쓸 때 단 한 번도 타자 치지 않는 손가락이 있다.

그건. 왼쪽 엄지. 너 왜 계속 쉬니?

그래 계속 쉬어도 괜찮아.

많은 순간 생각이 없다가 문득 떠오르는.

배가 고프다는 생각.

삼계탕을 먹어야겠다는 결심으로 카페를 나서고.

식당으로 들어가 주문한다.

국물부터 떠먹다가 혀가 데고.

그날 밤에 혀를 입천장에 슥슥 비벼보고.

다 나았나?

혀는 금방 다 낫고 시작한 글은 아직 끝을 내지 못했다는.

글을 쓸 때 글을 쓴다고 알린다. 여기저기에.

나 지금 카페야.

카페가 없었더라면, 햄버거 가게에서 글을 썼을까?

아니 햄버거 가게에선 햄버거를 먹었겠지.

글을 쓰러 갈 때는 자전거를 타고.

글을 쓰러 갈 때 타는 자전거는 7년째 타는 자전거다.

7년 전 소리지르기대회에서 1등을 해서 탄 경품이다.

7년 전 무대 위에 서서 스탠드마이크에 대고.

스탠드마이크를 누군가의 얼굴이라 생각하고.

그 얼굴을 찢어버릴 수도 있는 소리를 지르자.

대회에서 경품으로 받은 자전거 이름은 '소리'가 된다.

나는 소리를 타고 글을 쓰러 간다.

글을 쓰러 갈 때 비가 오면 자전거는 집에 두고 걷는다.

두 허벅지를 써야 한다.

가자, 가자, 속으로 생각하며 걸어야 한다.

걷기 싫으면 걷기 좋은 쪽으로 걷는다.

매번 같은 카페에 가는 것도 넌덜머리 나니까.

한 번도 가보지 않은 아파트 단지를 통과해 낮은 산을 오른다. 동산에서 좀 쉬다 보면 반나절을 써버리고. 영업시간이 한 시간 남은 낯선 카페에 들어가, 낯설음을 살피다가 집으로 돌아간다. 돌아가서 피곤한 몸에게 칭찬한다. 오늘도 피곤했으니 됐어.

아침

없는 귀와 이미 시작된 소리,

큰 창.

밝은 밖,

목이 잘린 그림자,

몸이 잘린 머리 그림자,

돌이킴 없음,

잘린 것 없음.

잘렸다고 착각하지 말고, 잘린 척하지 말고. 심각해지지 말고, 심각해지려고 노력하지 말고. 눈에 힘주지 말고, 목뒤에 힘주지 말고.

뒷골이 당긴다. 왼쪽 팔도 저리고,

피가 잘 도는지 어쩐지, 그런 것까지 알아야 하는 아침이다. 나는 이런 아침이 싫다. 아침부터 공사하는 소리가 들려온다. 밖이 완전히 밝기 전인데 기계가 땅 파는 소리를 듣고 있다.

땅 파는 소리가 맞는가? 베란다로 나가 밖을 내려다보면 어디에도 중장비는 보이지 않고, 뭔가 계속 부딪히고 부서지는 소리는 여전하다.

소음으로부터 귀를 보호하는 귀마개. 나에게는 그런 물건이 필요하기도 하다. 비싼 귀마개는 팔만여 원. 싼 것은 천 원. 귀를 막으면 내 숨소리가 더 크게 들려오고.

어떤 시간을 생각한다. 끝나버린, 사라져버린, 흘러가버린 건 없다. 지울 수 없고 지나가지 않는 장면. 그러나 계속 원망 조로 살지는 않는다. 언젠가 원망감은 나의 큰 하나였다. 아마 지금도 그럴지 모르지. 내가 뭘 알고 말한다면 좋겠지만. 뭘 알 수 있을까. 꿈에 나타나는 같은 인물, 복습되는 당황, 분노.

분노는 끝이 아니고 시작이다.

화가 나기 전에 나는 아무것도 아니다.

나같이 유순한 사람이 없고, 없는 것 같은 사람이 없는데.

가위를 던지면 그 바닥이 정직하게 패고.

물을 던지면 흩어질 뿐이다.

물을 담고 있던 것은 산산조각 나고, 깨지는 소리.

스케줄

모두의 스케줄을 공평하게 존중해야 한다.

왜 언제부터 나는 모두와 함께였을까.

모두. 각자 볼 수 있는 다른 먼 곳을 보고.

서로 등 돌리지 않고 있더라도 지금처럼 멀어지자.

파도 조심해 다들. 날 수도 없잖아.

겨울

겨울이 되면 겨울에 할 수 있는 일을 할 것이다.

스노보드를 타거나 얼음호숫가 방갈로에서 하루 자거나.

히터 바람이 건조한 카페에 앉아 몇 시간 눈 오는 풍경을 내다보거나.

이미 겨울이 된 것도 같다.

스노보드가 한참 재미있을 때는 스키장 근처에 한 달간 묵을 숙소를 잡고 싶었고, 아주 스키장에서 아르바이트를 할까 싶기도 했는데, 그것도 다 지나간 마음이다.

장면

바다에 다녀오고 나면 바다에 대한 새로운 마음이 생겨난다.

침대에 누워 1분 40초 동안 내가 찍은 파도를 본다.

파도가 계속 뒤로 간다.

나는 거꾸로 잘 걷는 아이였다. 거꾸로 뛸 수도 있고 빠르기까지 한 아이였다. 허벅지에 힘주고 발은 더 가볍게. 뒤로, 뒤로 간다. 뒤통수를 공기가 받치고 있으니 머리는 약간 눕히고 뒤로 달린다, 그러다가 내가 내 발에 걸려 공중에 붕 뜬 적이 있다. 주차장 바닥에 손목부터 콱 박아버렸다. 하루는 많이 울고 그다음 날은 온몸에 열이 나고. 오래 자고. 잠이 깬 내 앞에 나타나 나를 걱정하던 얼굴들. 물렁뼈 같은 게 손목 피부 아래 불쑥 생겨나고. 신기하고. 아프다기보다 더부룩하고 더운 기분. 아프다는 건 기분이다. 통증은 늘 속고. 모기에 물린 다리가 너무 간지러울 땐 찢어진 상처에 새살이 올라와 딱지가 떨어지려는 참이니 긁어선 안 된다고 상상한다.

외면하는 게 상책은 아니야.

아직 나에게 그렇게 말한 사람은 없다.

북쪽이나 북동쪽. 방향은 아무래도 좋다.

나는 외면할 수 있을 때까지 외면하고 싶다.

뭘? 다. 범벅되고 있다. 뭐가? 다.

다 휘몰아쳐 비벼져서 지구범벅이다.

2020년이 3개월 남았다.

새벽

새벽 3시에도 새가 운다.

점심

3시 반까지 카페로 나올래? 문자메시지를 보낸다.

3시 반? 하고 답장이 돌아온다.

4시 반까지 나올래? 하고 묻자.

그래. 4시 반까지 갈게. 답이 온다.

4시 반까지 두 시간 남짓 남은 것을 확인한다.

나는 두 시간 동안 뭐든 할 수가 있다.

하지만 정말 뭐든 할 수 있는 것은 아니다.

터미널로 가 티켓을 끊고 버스를 탈 수는 없다.

폭죽을 터뜨리고 술을 마시고 외박을 할 수는

없다.

널브러지고 죽처럼 계속 누워 있을 수는 없다.

카페 전면 유리 밖은 밝아지다 어두워지기를 반복한다.

장마도 태풍도 전염병도 유난한 여름이고 봄이고 이제 가을이다.

카페 안에 사람들이 점점 더 늘어가고, 몇몇이 웃는 소리.

들려오는 단어와 음악 소리, 부딪히고 닦이는 소리. 신발 끄는 소리. 가까이 다가오다 스쳐 지나가는 소리.

더는 참지 못하겠다는 듯이 한 여자가 카페 유리문을 활짝 열어젖히고는 밖으로 나가버린다. 여자가 입은 바지가 화려하고 예쁘다. 나도 저런 바지를 입어볼까. 어두운 바탕에 여러 밝은 색의 염색이 세로 줄무늬로 얼룩덜룩한 형상, 그 위에 헐렁하고 검은 티셔츠를 입어야지. 나는 세상에 없는 온갖 바지를 떠올리기 시작한다. 빛 없이. 보는 눈 없이. 혼자 공중에 떠 있는 바지.

오후

생각이 나. 생각이 났어. 생각이 있어.

그런 말을 나에게 자주 하는 사람.

생각은 그만하고 낮잠을 좀 자는 건 어때?

불투명 깔때기를 왼쪽 눈에 대고 자기 세계에 빠진 사람.

세상이 다 장난감으로 보이는 것 같은데.

내 주위를 서성거리다가 쟁반을 밟고 올라서는 사람.

쟁반을 밟아 질질 끌고 내 앞으로 가까이 오는 사람.

아무래도 혼자 자기는 어려워 보이는 사람.

그래. 낮이건 밤이건 잠드는 건 쉬운 일이 아니야.

내가 같이 자줄게. 침대로 가자.

깔때기를 통해서 밖을 보면 어때? 내가 묻고.

대답하지 않고 먼저 잠드는 사람.

내가 잠들 차례인가.

낮잠은 어려워.

여름장면

올해 여름에 먹은 수박 네 통.

냉장고에서 수박을 꺼내는 일이 번거로워.

냉장고 문을 연 채로 서서 쪼개진 수박을 수저로 퍼먹었다.

그리 덥지는 않았던 기억.

한낮에 마른천둥 소리를 자주 들었다.

반성을 시작하고.

반성 능력이 정말 뛰어나.

해변에 갈 때도 성찰을 가져갔다.

파도에 성찰이 젖었다.

공중을 겅중겅중 밟는 꿈을 꾸고.

하늘을 나는 건 아니었다. 단지 많이 높이 뛴 것.

밖에 있어도 좀 더 밖으로 나가고 싶은 기분으로.

밟는 곳마다 단단한 생생함.

밖

어제는 밖에서 글을 썼다.

공원 벤치에 앉아서 자전거를 눈앞에 세워 두고.

자전거 안장에 노트북을 얹어놓고.

노트북이 거기 얹히는 것도 신기하지만 타자까지 쳐지니.

내가 되게 작가가 된 기분이었다.

허벅지 위에 올려놓은 마우스가 저절로 커서를 움직였다.

뭔가 알아서 완성될 것 같은 기분이 들었다.

정말로 쓰고 싶은 말들은 단 한 글자도 쓰지 않을 것이다.

그런 결심을 하면서 혼자 재미있었다.

겨울장면

초판 1쇄 2021년 1월 25일

지은이 김엄지
펴낸이 박진숙 | **펴낸곳** 작가정신
편집 황민지 김미래 | **디자인** 이아름
마케팅 김미숙 | **홍보** 정지수 | **디지털콘텐츠** 김영란 | **재무** 오수정
인쇄 한영문화사 | **제본** 대신문화사

주소 (10881) 경기도 파주시 문발로 314
대표전화 031-955-6230 | **팩스** 031-944-2858
이메일 editor@jakka.co.kr | **블로그** blog.naver.com/jakkapub
페이스북 facebook.com/jakkajungsin
인스타그램 instagram.com/jakkajungsin
출판 등록 제406-2012-000021호

ISBN 979-11-6026-217-9 03810